末日解剖

谢宗玉 著

百花洲文艺出版社
BAIHUAZHOU LITERATURE AND ART PRESS

目录

末日解剖

第 01 章

以缅怀的方式忘却

2009 年夏天，王楚洁回到故乡。站在市声喧嚣的街头，望着艳阳下如织的车流和人流，王楚洁感到既茫然又沮丧。只几年时间，故乡就已变作了他乡。时间篡改了一切，这里似乎再没有人记得当年那个行事乖戾的女孩以及她家发生的那起离奇的死亡案。

回到曾经生活过十几年的城市，就像进入了一个依稀的梦境，所有的事物都似隔着一层模糊的玻璃，它们依然停留在原来的位置，却再也不能唤醒应有的记忆。以致连王楚洁自己都有些怀疑，她是不是有一个过往的名字——王楚洁？是不是有一个真实的身份——解剖师的女儿？

两个月前，行为艺术大师萨其达姆发 E-MAIL 告诉王楚洁，她父亲王泽荫已于 2009 年 6 月 28 日在法国巴黎的莫里科罗精神病医院去世。死时双目微闭，双腿弯曲，双臂互抱蜷在胸间，下颌抵着膝部，样子像子宫里的一个婴儿。其垂直身高只有 1.52 米，体重为 31 公斤，与以前那个身高 1.79 米、体重 70 公斤的结实汉子相比，已找不到半分相似的地方。更奇怪的是，他全身呈半透明状态，像一块中国玉，肉眼可以透过肌肤，看到他的内脏、骨骼、血管以及如细线一样逐渐停流的血液。

由于他的拒绝，死前已有 68 天滴水未进。这远远超过了人类绝食的极限，这个数字已被世界吉尼斯记录在档。在这之前，他分别有 60 天、58 天、51 天、44 天等绝食记录，但先后都被精神病医院的医生和护士强行终止。2008 年，他基本上是靠少量的生理盐水和葡萄糖水度过的。死时他已有 154 天没有排泄，86 天处于半睡半醒状态，一动不动保持同一个姿势达 103 天之久。现在，他终于像一只吐完最后一根丝的蚕，死了。

在信中，对王泽荫的离世，萨其达姆表现出了极大的悲恸。他说王泽荫虽然只是名普通警察、一个精神病患者，但他比世界上同时代任何一名艺术家、思想家都要伟大！用中国话说，他这是“大音希声，大象无形”。他对“后现代人类”精神气质的影响将无法估量。他这不是离世，而是进入天堂。总有一天，世人将把他抬到应有的高度。

在信的最后，萨其达姆请求王楚洁同意让他把王泽荫琥珀般的遗体运往喜马拉雅山，与那个既神秘又美丽的裸女安放在一起，好让后世不畏艰难险阻的人们前去瞻仰、去膜拜。

随信一起寄过来的，还有王泽荫死前的一张裸照。正如萨其达姆所说，王楚洁已不能从这张照片上找到半点关于父亲的记忆。照片上的这个人，具备了新生儿和垂死者最基本的一些特征。年岁在他身上明显出现了错乱。

他看起来就像一粒蚕蛹，处在生与死的临界点。

一直以来，对萨其达姆近乎精神病式的莫名其妙的呓语，王楚洁都半懂不懂。但有一点可以认定，萨其达姆也许是父亲王泽荫真正的知己。就冲这一点，几年前她说服了爷爷奶奶和外公外婆，让萨其达姆将自己的精神病父亲带到法国治疗。

现在还冲这一点，她同意萨其达姆将父亲王泽荫送往喜马拉雅山。其实按她自己的意愿，她宁愿将父亲的遗体火化后运回故乡，葬在龙山陵园母亲苏芳身边。

王泽荫的葬礼被萨其达姆这么一弄，成了一件轰动世界的大事。蜷作一团的王泽荫被安置在笼罩着圣洁光辉的裸女旁边。就像很多神祇都有奴仆一样，矮小透明的王泽荫蜷于美丽裸女的身边，似乎也成了她的奴仆、小兽。整个葬礼，法国和中国的卫星电视全程直播。各国的媒体蜂拥而来，人们喧嚣扰攘的热情似乎要把喜马拉雅山的万年冰雪融化。

王楚洁躲在北方小城的一所大学里，不看有关父亲葬礼的任何新闻，不与任何人谈论喜马拉雅山事件。在这个清冷的北方小城居住有好些年了，没有人知道她的真实身份。

尘埃落定后，王楚洁突然回到阔别已久的沙水市。她也说不清此行的目的，缅怀和忘却似乎各占一半？

但缅怀也是为了告别。父亲王泽荫没死之前，她人虽然逃离了这里，但记忆和梦境却时不时就与这里的事物重叠了，沙水一直是她内心绕不过的一道坎。现在父亲死了，她觉得自己有必要再回来一趟，把所有的记忆和梦境都抖落掉，再轻松上路。

但让王楚洁没想到的是，在她没有忘记沙水之前，沙水似乎早就把她给忘了。城市人的记忆在信息爆炸的时代，越来越留不下什么了。那些年她家发生的那些事，已在沙水找不到半点痕迹。她想，如果父亲王泽荫真像疯子萨其达姆所夸赞的那么伟大，人们的遗忘速度又怎么会那么快呢？

既然这样，不如就让人们彻底忘记吧。返回沙水市的王楚洁在一家酒店订了房，没有跟任何人联系，甚至包括她的外公外婆。为了避免被小区的居民认出来，王楚洁选择深夜时分，悄悄潜回自己曾经的家。

轻轻打开门，又轻轻掩上。站在空荡荡的岑寂的客厅，有一种异样的感觉涌上王楚洁的心头。婆娑的树影，被路灯光从窗棂送到对面白色的墙壁上，像记忆中一束尘封的失去颜色的花朵，在摇曳的花朵中，母亲苏芳那甜美的笑容就这样不可思议地浮泛上来……

湿漉漉的眼睛像被蒙了一层雾水，王楚洁抬起衣袖，擦了擦。她想，如果母亲苏芳的微笑，能够始终保持在她八岁之前的样子，那该多好。但这怎么可能呢？无情的时间就像一把锋利的刀子，它把所有的真相都像剥笋一样披露出来了，丝毫都不手软……

第 02 章
《时尚前沿》封页上的安全套

一个平淡无奇的早晨，王楚洁拽着书包，要去上学。苏芳背对着她，站在梳妆镜前。镜前的苏芳，对自己的头发很挑剔，似乎不希望有一丝乱发逃逸出来。她左手握着发束，迟迟不愿扎起。梳子一遍又一遍在光溜溜的头发上走过，左手合拢，又张开，合拢，又张开。眼睛看不到后脑勺，她只能凭感觉去抓拢那些逃逸的乱发。而其实她的头发已经很整齐了。王楚洁动了动嘴皮，却什么话也没说。最后望着她，把头发扎成了一个很好看的髻。

“你父亲今天生日，放了学早点回来。”镜子里的苏芳看着女儿要出门，这么对她说了一句。

这话让王楚洁感到很奇怪，母亲已经好几年不记家人的生日了，连她自己的生日都不记。今天早晨怎么突然关心起王泽荫的生日了？“怎么？”她问。

苏芳回头看了王楚洁一眼，说：“我要送你父亲一个礼物。”镜子里苏芳的那张脸是虚幻的、苍白的，像一张又脆又薄的白纸。可一回头，那张脸顿时立体而生动起来，还邪邪的，带点恶作剧的味道。

王楚洁漫不经心应了一句：“知道了。”心里却想：哼，又要与王泽荫斗法？我才懒得理你们。这些年来王楚洁早已习惯不按任何人的吩咐行事。如果没人吩咐，她也许还能循规蹈矩，一旦有人要求她怎么做，她的所作所为必定跟别人的要求截然相反。这么做，她并不是要获得一种对抗的快乐，快乐对她来说，俯拾即是，她不需要靠对抗获得快乐。一个小孩如果靠对抗来获得快乐，那是一件挺冒险的事。她这么做，几乎不受大脑控制，像一种潜意识，或者说是身体的本能反应。好在她身边的人早已适应了她这种习性。

在王楚洁看来，椿树中学所有给她授课的老师都是白痴，一个简单的问题，他们可以不厌其烦地讲上几十分钟，连天花板上的苍蝇和窗外的麻雀都听懂了，他们还要叽叽喳喳说个不停。王楚洁一犯困，把头往桌上一歪，就睡着了。醒来后，抹了一把嘴角的口水，再把头一歪，又睡着了。这样左右轮换，把头接连歪几次，就过了上午、中午、下午，最后到了放学时间。

老师有时也会骂她几句，甚至拿粉笔砸她，但砸醒了没多一会儿，老师转过身在黑板上才写一行字，她又睡着了。老师有时也罚她，让她站到教室外的走廊去。她背起书包，就上街逛去了。好在，尽管这样，她的成绩也不坏，属中上，照顾自己之余，还有些剩分周济别人。她并没拉班上的后腿。再说除了睡，她在课堂也没有骚扰他人的恶习。班主任和授课老师基本上还算容忍她。

这天放学铃刚响，王楚洁双手往桌上一拍，把那颗昏睡的头颅弹起来，人顿时龙马精神，焕然一新。她抓起书包，风急火燎地往外跑。一边跑，一边想：哎呀，夏日晕晕，睡觉正好！时间可真快啊，快得真像书里说的，像一匹小白马通过一条小细缝……

喂喂？一匹白马能穿过一条隙缝吗？怎么没给卡着？也许卡着的时候，自己正在做白日梦吧？这么一想，她的嘴角就浮现一朵笑花。

把笑花收拢时，王楚洁陡然发现好端端的椿树路上，突然多了一个巨大的洞。这个洞在她来学校之前是没有的，现在却有了。而挖这样的一个巨洞，当然需要相当长的时间。这个洞的存在让她突然觉得今天其实跟往常一样漫长。漫长得像一匹白马使出吃奶的劲要从隙缝中挣脱出来一样。但除非它学了《易筋经》，可以把关节随便移位错开，否则花再长的时间，它也挣脱不出来。

王楚洁走向前，打量这口深洞。洞口就像一张要说话的巨嘴。

这让王楚洁有一个错觉，仿佛椿树路上这时所有的噪音都是这张嘴巴制造出来的。这真是一种奇怪的感觉。对奇怪的感觉王楚洁往往倍加珍惜。她拿起来一块泥土，朝洞里扔去。洞底在涌白水，偶尔还涌黄浆，像嘴巴说话时牙齿和舌头的协调配合。泥块落进去，没有什么反应。

她冲着深洞猛叫一声，心尖儿兀自一颤。由于把头埋得太低，深洞将她的全部目光都吸附进去了。深洞一下子成了她整个白天的一个梦魇。王楚洁这才想起，今天在课堂上她似乎做了一个奇怪的梦：父亲王泽荫在她的梦里似乎死去了？似乎有很多嘈杂的人声像蜜蜂一样架着她在云端飘游？似乎还有很多张看不真切的脸在她脑海中晃动？

一个骑单车的男孩悄悄地从她身边溜过去了。他好像在躲避王楚洁。偏偏王楚洁有心电感应似的，一回头，就看见他了。要搁在昨天，王楚洁就会放他过去。可今天，她叫住了他。今天是王泽荫的生日，又不是我生日，我干吗那么早回家？她想。

“你叫我吗？”被王楚洁叫住的人是初三甲班的刘聪龙。

“怎么，见了本姑奶奶，还想开溜？”

“谁溜了？我根本就没看见你，你在这里看什么？”刘聪龙有点不好意思。

“没什么，一张嘴巴对另一张嘴巴。”王楚洁不想跟他计较。

刘聪龙躲她也不是一天两天了。上上周他带王楚洁去他家看黄片，看着看着，他就对她动手动脚。可犹犹豫豫的，一点也没有片子里的男人那么野粗。他的手像两根柔软的缠藤，慢吞吞地靠上王楚洁的手臂、肩膀、小腰。弄得她全身痒痒的，想笑。她猛地叫一声："刘鳖！你他妈的找死啊？！"说罢掀开小刘同学的咸猪手，拉开他家的门，头也不回地走了。随后的一周，王楚洁每次见到他，他都是灰头灰脑没精打采的，一副死鱼样。

"你说什么？你说的话我老听不懂。"刘聪龙搔着头问。

"谁叫你们老师都是白痴。"

"喂，鬼脚魔女，别以为嘴巴厉害，就老欺负人。没事我先走了。"刘聪龙有点生气了。他喊了王楚洁的诨号。

"你老师是白痴，并不代表你也是白痴呀。我想跟你打个赌。"

"打什么赌？"

"知道宏生大厦六楼那个精品书屋吗？"

"嗯。去过一次。"刘聪龙侧着头看着她，对她的赌似乎来了兴趣。

"那里有本杂志叫《时尚前沿》。每期杂志的封面都贴着一个安全套，你敢把它撕下来吗？"

刘聪龙愣了一下，颇有些踌躇。抬头望着王楚洁一双似笑非笑的眼，突然恼道："有什么不敢？我撕下来了，你赌什么？"

王楚洁笑吟吟地说："那姑奶奶今天就跟你走啰。"

刘聪龙一听，满脸通红，激动地说道："你若骗人呢？"

“骗你不是人。”

刘聪龙冷笑一声说：“你才不是人。”

王楚洁笑道：“好好，我若骗你，不得好死。”

两人击了一掌。王楚洁就势跳上刘聪龙的单车，去了宏生大厦。

坐在单车后面的王楚洁得意洋洋地晃着她的一双小腿，心想：哼，你个笨蛋，我说跟你走，并没有向你承诺什么呀，如果你硬要往其他方面想，我也没办法。到时你小子如果要用强，那我老爸教过我的几手防身术，就可以派上用场了。

近段的生活实在是太平淡了，王楚洁叫他去偷安全套，只不过是想让他出出丑罢了，她认为他不会成功的。她曾经试过，有点技术难度。她偷不出来，想必小刘同学也束手无策。可话又说回来，如果刘聪龙成功了，她也会由衷祝贺他。

《时尚前沿》把安全套订在封面上，一直让王楚洁百思不得其解。难道就为了方便读者在浏览他们书中的俊男美女后，再与身边的人及时做爱？安全套这玩意现在满大街都是。只要塞一个硬币进去，自动出售机里就会咔嚓一声，掉下来一个。很平常的东西，为什么要订在封面上？会不会是《时尚前沿》上的那个安全套有它的特别之处？虽然也是橡胶做的，但它或许镶了金边银口。还有，整个安全套一定绘上了美丽的花朵，常规状态时它只是一朵含苞待放的花骨朵儿，一旦吹大，它就怒放开来，散发着迷人的光彩和奇异的香味？

这么一想，王楚洁忍不住乐呵起来。刘聪龙警惕地回过头：“你笑什么笑？想害我呀？”

王楚洁瞪了他一眼：“谁想害你了？小心骑你的车，要不然用不着别人害，你自己就撞死了！”

“那你笑什么？”

“我在想那东西为什么会订在封面上？”说完这句话，王楚洁又想：阿弥陀佛，其实我还是蛮希望刘聪龙成功的。如果他不侵犯我，我倒愿意看他套上这个花朵盛开的东西，会是什么样子。哈哈！

刘聪龙上楼后，王楚洁就靠在宏生大厦旁的电话亭边，眼睛一直盯着六楼。精品书屋的窗玻璃虽然是透明的，但楼太高，即使踮起脚尖也看不见里面的情况。

五分钟过去了……

然后是十分钟过去了……

再然后是十五分钟也过去了……

还不见刘聪龙下来。王楚洁有些不耐烦了，心想：造一个安全套的时间也要不了这么久，莫非出事了？这么一想，内心顿时涌出一阵莫名的兴奋。

她跑进宏生大厦，进了电梯。

电梯停在六楼。门乍一打开，王楚洁一眼瞥见精品书屋内的售书小姐正指着刘聪龙的鼻子在吼。尽管隔着玻璃，王楚洁似乎也感觉得到售书小姐那口热烘烘的唾液沫子直往刘聪龙身上喷。而此时的刘聪龙低头敛脑，乖得像个孙子。

真的出事啦！

王楚洁的左脚迈出半步，又缩了回来。在电梯门合上的一刹那，王楚洁憋不住地大笑特笑起来。双手使劲地拍打电梯壁，笑得连腰都直不起来，最后只能蹲在电梯里浑身抽搐。

三楼有位中年男人进来，王楚洁赶紧捂住嘴巴。嘴巴捂住了，可那只能封住嘴巴的快乐，全身其他地方的快乐，一点都封不住。她的双肩在剧烈地颤抖，被捂住的嘴巴也发出呜呜的声音。关爱他人一直是中年男人的特点，他犹疑地问：“小姑娘，没事吧？”他以为她在哭呢，并且是那种如丧考妣的哭。

王楚洁扭过头来，飞快地扫他一眼，又把头转向电梯壁。她伸手朝身后摆了摆，要他别管。

电梯叮一声停了，王楚洁率先跑出去，拽着一长串银铃般的笑。中年男人一时懵了，被她突如其来的笑声弄得差一点忘了出来，就在电梯要关上时，他忙用手插在中间。两扇门在他手臂上碰一下，弹开了。

一楼是咖啡厅。挺幽静的。现在这幽静完全被王楚洁没心没肺的笑声给搅乱了。雅座里众多男女都伸出头颅打量她。他们分配均匀，像海岛上的鸟巢，每个巢窝都是一公一母。他们眼神冷漠，却满脸好奇。

王楚洁在心里叫道：对不起啦！打扰了啦！你们看我没用啦！

我并不可笑。可笑的事发生在六楼啦!

王楚洁就这么笑着跑到街上，然后冲着向她轧过来的庞然大物，做了一个标准的停车手势，九路公共汽车就在要撞上她的时候戛然而止。

司机冲着她骂道:“小妹，有病啊?撞死你!”

王楚洁笑嘻嘻地爬上车，投币，以忽略他的姿态向车尾走去。骂吧骂吧，姑奶奶心情好着咧。我懒得跟你斗嘴。王楚洁想。

其实这个司机还算不错，他毕竟给王楚洁开了车门。王楚洁常常这么拦车，但很少管用。司机不但恶言相向，而且根本不开车门。那时王楚洁只能用脚踹一把车门，然后看着公共汽车扬长而去。掉头再去拦下一辆。实在不行，只能徒步去站点等车。

三站路后，王楚洁蹦蹦跳跳下了车。都差不多到家了，她仍捂着嘴巴，哧哧笑个不停。小刘同学一定仍在那里受罪。对了，但愿他停在楼下面的那辆单车没人看中，要不然他真是祸不单行呀!

第 03 章
凶案现场禁止入内

让王楚洁没想到的是：苏芳竟然死了。

那天具体的情形是这样的：王楚洁才拐进江源小区，就有很多人用异样的眼光打量她。这种眼神看得她心里一咯噔，快乐就像电影《后天》里的景物，一下子被严寒给冻僵了。王楚洁生生地打了个寒战，立马感觉发生大事了。但她仍不忘用憎恶的目光回敬那些比蚂蟥叮在身上还难受的眼光。同时在心里骂了一句他妈咪的。他妈咪的！看什么看？！看得本姑娘浑身都起鸡皮疙瘩了！王楚洁骂人不骂他妈的，而是骂他妈咪的！多一个字，自我感觉境界迥异。这应该算是九零后风格。

上楼的时候，王楚洁发现楼道里挤满了各式各样的人，他们大多是同栋的邻居，也有居委会大妈，王楚洁以前见过他们，但他们的名字她一个都不知道，尽是些熟悉的陌生人。

王泽荫的同事也来了很多。刑侦大队长张龙援也在。王楚洁心里嘀咕：这么大阵势呀？难道就为给我老爸过四十二岁的生日？可这分明不是过生日的样子啊？难道王泽荫和苏芳又闹出什么惊天动地的事情来了？

路过张龙援时，她喊了一声："张伯伯好。"

张龙援伸出手来，想在她头上摸一下，但被她避开了。十三岁的王楚洁已经讨厌男人摸她的头了。张龙援只好把手缩回去，叹一声说："洁妹子，放学了？"

"这么多人围在我家干吗呀？"她问道。

张龙援没有回答她，却反问："你知道你爸去哪了吗？"

"我才放学，怎么知道？"王楚洁答道。心里想，我爸不在家，你们来这么多人干吗？未必都是来看我妈妈的？可今天是王泽荫生日，而不是苏芳生日，你们有没有搞清主次哇？

王家大门洞开。王楚洁正要一脚跨进家门，却被一个年轻的警察挡住了。王楚洁一下子火了，冲着他嚷道："有病啊，为什么不让我进去？！"

那警察一脸无表情地说："案发现场，无关人员都不准进！"

王楚洁一听"案发现场"四字，顿时血液上涌，喉咙一紧，一口痰就涌了出来。她想都没想一下，张口就朝那警察吐去，飞痰正中警察的脸庞。“你家才是案发现场！”

警察勃然大怒，扬手就要给她一记耳光！

“肖雄！你敢？！”张龙援从后面赶上前，一声断喝，说道，“她还是个孩子，你跟她计较什么？！让她进去！”

警察只好把举起的手伸到自己脸上，使劲地擦着痰液。他身旁一个女警察给他递了一张餐巾纸。王楚洁顺便瞪了那个女警察一眼，进了客厅。

主卧的门也是敞开的。王楚洁才进客厅，就看见主卧里的苏芳。她躺在床上，样子挺安静的。王楚洁浑身一颤，魂飞魄散地冲进卧室。凭常识，她知道苏芳这时肯定不是睡着了。

苏芳的确不是睡了，而是死了。

她家就是案发现场！

死了的苏芳，脸色比平时睡着了还要红润鲜洁。可用不着伸手触摸，就知道她真是死了。只有死人的脸才会呈现出这般从容的宁静来。死亡之后的这种宁静王楚洁曾无数次在梦中和白日梦中揣想过，今天苏芳的表情正好验证了她梦中的揣想。这种平静，里面除了圣洁，不再含其他杂意。

苏芳不是睡了，是真的死了。王楚洁对自己说。那颗扑棱棱羽毛般飞扬的心，开始一点点下沉，下沉……向着无底的深渊下沉。她闭上眼睛，不想悲伤，但心脏却在剧烈的收缩过程中，弥漫着一种近乎碎裂的剧痛。随后，心脏的收缩还影响了她的呼吸，仿佛有人在掐她的脖子，她微微张开嘴巴，身子软软的难以支撑。她握着苏芳的手，在床边摇晃着坐了下来。

在半晕眩的状态中，有人走过来拍了拍她的肩膀，有人走过来摸了摸她的头，每个人都说了几句安慰的话，但王楚洁一句也没听清。她像一根木头，任他们摸了又拍，拍了又摸。王楚洁真的不想他们这样，但那一刻，她莫可奈何。连向他们吐唾液的力气都没有。

隔了好久，王楚洁才把微闭的眼睛睁开，刚才那个女警抓住她的手，激动地说："你要是心里难受，就哭吧，哭出来会好受一些的！我爷爷死的时候，我哭一阵就好受多了。"

王楚洁冷不丁地瞟了她一眼，说："那你帮我哭吧！"

刑侦大队长张龙援走过来训她："怎么越大越野？这么不懂事？"

王楚洁没好气地说："我一定要哭？不哭不行吗？我爸呢？难道我爸也死了？！"

听了她的话，刑侦大队的警察几乎都惊住了。望着她，很多张嘴巴像半开的花朵，但没有一个花蕊似的字从里面吐出来。尽管他们一个个见多识广，但这个小女孩的表现还是让他们惊诧了一回。

王楚洁反瞪他们，内心突然异常烦躁，所有那些张开的嘴巴，她真恨不得拿一大堆石头塞得满满的。她愤然想道：苏芳明明说要给王泽荫过生日，还说要送王泽荫一个礼物。为什么会不明不白死掉啊？她这么一死，弄得整个房子都是些不明不白的人，连晚饭都没个地方吃。最可恨的是王泽荫，苏芳死了，他居然连个影子都看不到。留下我，怎么应付这种场合啊？他的白痴同事居然还要我哭，我的心脏都要爆炸了，怎么哭啊？！

王楚洁不哭。但要哭的人很快就来了。王楚洁的外公外婆一进门，就哭得天昏地暗。特别是她外婆，扑向苏芳的尸体，又拍又打，老泪纵横，都流到苏芳的身上了。王楚洁冷冷地看着她，心想：干吗呢？这不是欺负苏芳再也醒不来了吗？若她突然醒了，一定会非常讨厌那些黏糊糊的眼泪。

王楚洁的外公则蹲在地上，双手抱头，呜咽哭道："芳妹子啊，是我害了你啊……是我害了你啊……是我害了你啊……芳妹子……"

他这么一哭诉，旁边所有的耳朵都竖起来了。既然他这么说，肯定是有原因的，如果找不到王泽荫的话，说不定可以从他嘴里探知苏芳的死因。这会儿警察们的思维都在快速地排列组合呢。

外公的哭相也挺难看的。有两缕清涕，沾在他花白的胡子上荡着，漾着，忽上，忽下。王楚洁撇撇嘴，一脸不屑。

第 04 章
安眠药上的一丝笑意

农历十六。当夜，月光如梦，引人入幻。王楚洁及其外婆外公都被带到了刑侦大队接受调查。

在接受调查之前，张龙援让每个人吃了一顿盒饭，并把最好的三个盒饭给了王楚洁他们。刑警吃的是五块钱的盒饭，而王楚洁一家吃的是十块钱的。

王楚洁接过盒饭，就急不可耐地吃起来。她饿了。可她外公外婆一点食欲都没有。女儿这样不明不白地死了，叫他们怎么吃呢？母亲这么不明不白地死了，王楚洁却狼吞虎咽，一副饿死鬼的模样，她这种吃相又让刑侦队的民警诧异了一回。他们站着、坐着、蹲着，把饭盒端在手中，菜盒则搁在他们自认为理想的地方。一边吃一边用眼神交流着对王楚洁的看法。可当王楚洁抬头看他们时，他们又赶紧低下头吃饭。把王楚洁气得又要骂他妈咪的了。

其实王楚洁知道他们在看她，并且知道他们为什么要用一种异样的眼神看她。母亲突然惨死，王楚洁就算要吃饭，也不应该吃得这么利索。但王楚洁有她自己的想法：既然苏芳已经死了，就算她像外公外婆那样不吃饭只哭泣，也不能把苏芳哭活啊？再说，苏芳死了，她心里虽然难过，但总不能因为难过就不吃饭吧？

王楚洁心里冷笑道：其实我家尽是死人，活着跟死去又有多大的区别呢？！管他们怎么看自己，她摇摇头，又继续吃她的饭。说到底，这十块钱的盒饭比苏芳现在的手艺强多了。

吃完饭后，王楚洁被带进一间办公室。这让她一下子就想起了在杨家岭派出所的传讯室那会儿。想起那种情景，她心里就特别不舒服。她心里一不舒服，就决定与刑侦大队这班家伙来一场非暴力不合作运动：凭什么又来审我？！姑奶奶我什么也不说，看你们怎么办？

盘问王楚洁的两个警察，一个是刚被她吐过唾液的叫肖雄的刑警，另一个戴着一副眼镜。在王楚洁眼里，眼镜戴在那张面孔上显得滑稽可笑。既然当了警察，还戴什么眼镜？！充什么斯文？！不是说近视眼不能当警察吗？看来公安局招人时把关并不严格。这家伙也许是开后门进来的。她对面前两人都没有好感。

“姓名？”

“姑奶奶！”

“小妖精，看我不抽你！”还没开始盘问，肖雄就火冒三丈，冲着她一副跃跃欲试的样子。戴眼镜的警察笑着拉住了他。

王楚洁知道他不敢动粗，冷笑道：“你来呀！姑奶奶好怕你呀？！”

“哼，有你怕的时候，我看你妈妈的死，跟你脱不了干系！”肖雄用的是激将法。

“你放屁！”王楚洁叫道。

“那你说说你妈妈怎么死的？”肖雄步步紧逼。

“你妈是怎么死的，我妈就是怎么死的！”王楚洁的回答让人啼笑皆非。

肖雄一听，情绪里七成的怒气一下变成了十成。他居然从办公桌上跳了过去，骇得王楚洁向后一退。但王楚洁根本不是吃素的主，当即操起屁股下的凳子劈头砸去。王泽荫经常教导她，先下手为强！她完全是按父亲的教导操作的。

肖雄跳过来只想吓她一吓，哪想到她会来这一手？！大脑来不及思考，只本能地伸手一格，同时向后小跳一步，摆出了一副擒拿格斗的惯常姿态来。凳子啪的一声，从他手臂弹起来，越过他的头顶，一直滚到了门外。

“干吗干吗干吗？！肖雄，你这是询问还是打架？！”张龙援气咻咻地从门外走过来。三个乡音很重的“干吗”，让人不由想起春节联欢晚会上黄宏主演的那个名叫《装修》的小品。戴眼镜的警察忍不住呵呵笑起来："肖雄，你的格斗姿态很美，但你面前只是一个十三岁的小孩。"

"这个妖精，鬼都对付不了她！老实巴交的王大哥居然生了这么个妖孽，真是真是真是！"肖雄找不出一个形容词来形容王泽荫的悲惨，只一连说了三个"真是"。王楚洁冲着他嘿嘿地笑起来。她笑并不是因为她占了上风。她笑是因为肖雄居然把"老实巴交"这个词用在王泽荫身上，如果说"真是"，那真是太滑稽了！王楚洁啧啧地咂着嘴巴，心想：对自己的同事都一点不了解，还审什么案子？这家伙简直同椿树中学的老师一样白痴！

张龙援他们哪知道她笑里的含义？他叫道："洁妹子，我可告诉你，这不是闹着玩的，你都十几岁了，怎么还分不出个事大事小？你老妈死了，老爸又失踪了，我们都急死了，大家都想弄清楚事情的来龙去脉。你倒好，还在这里瞎捣蛋。"

王楚洁收了笑，低下头说："谁捣乱了？"

张龙援叹一声，回头对肖雄说道："你的脾气得改改了，脾气大了坏事！出去吧！这里让我来。"肖雄恨恨地瞪了王楚洁一眼，半是羞愧半是愤懑地出了门，一边揉着自己受伤的胳膊。王楚洁冲着他吐了吐舌头。

张龙援把滚出去的凳子搬进来，放在王楚洁的身边，扶着她的双肩，把她按在凳子上。这个动作让王楚洁很不舒服。换了是别人，恐怕她又要唾他，但因为是张龙援，她顺从了。

两双眼睛对视起来。张龙援看着王楚洁。王楚洁不示弱地瞪着张龙援。彼此至少看了两分钟。

来呀来呀，如果你愿意继续这么看下去，我就奉陪到底！王泽荫早就告诉过我，这是警察审人的手段之一，把铁骨钢筋似的犯人看得意志全无，看得软不拉叽了，看得成了一条毛毛虫，然后才下手。可我怕什么？苏芳的死与我半点关系都没有，就算刑侦支队队长或者公安局局长与我对视，我也不怕，何况你一个小小大队长？王楚洁在心里窃笑不已。

“说说看，洁妹子，你究竟是怎么想的？”张龙援终于败下阵来。他开口了，犀利的目光也变得柔和了，柔和中还带点友好和同情。这让刺猬似的王楚洁也软了下来。她委屈地说：“我什么也没做，你们不能像审犯人那般对我……”

“你呀你，你这个傻妹子，这哪是审犯人？你只是一个当事人。当事人，懂吗？就是你作为一个知情人，应该知道一些什么，我们是希望你把自己知道的告诉我们……”

“可刚才那家伙一上来就问我姓名，这分明就是审犯人的口气！”

“哎呀，你理那个宝做什么？他什么都不懂！”张龙援很诚恳地说道。

张龙援的话让王楚洁的内心有伤感的因子出现，眼睛也要湿润了。“可是我知道什么呢？我什么也不知道啊。你说说看，我妈她怎么会死呢？”

苏芳怎么会死呢？张龙援当然也不知道。根据现场的情况来看，苏芳应该是吃了过量的安眠药致死的。这安眠药是她自己吃的呢，还是别人给她吃的？这一切都待查证。当然，究竟是不是安眠药致死，暂时也不能确定，要尸检之后才知道。张龙援茫然地摇了摇头……

在王楚洁放学之前，她家发生的事情大致是这样的：下午四点左右，江源小区三幢一单元的一个邻居看见王泽荫一路跌跌撞撞，从楼道口直奔下来，然后驾着自己的警车扭扭歪歪冲出小区，样子近乎疯狂。邻居当时跟王泽荫打了声招呼，但王泽荫表情扭曲，满脸惶惑，对邻居的招呼听而不闻。邻居只好惊讶地摇摇头，上了楼。

经过王家门口时，惊讶重聚心头。邻居发现王家大门洞开，透着一股不祥的邪气。王泽荫出去怎么连门都不锁呀？他不由自主地把脖子伸进屋里“喂”了一声。

没有人出现，也没有人应答。

他挪着脚步，走进客厅，又“喂”了两声，还是没人搭理他。他正要退出来，突然瞥见卧室里的苏芳……

他报了案。

十分钟后，当地派出所来了人。半个小时后，刑侦大队的人马也开进王泽荫家。接到报案后，张龙援他们就一直打王泽荫的手机，但直到现在，都没打通。王泽荫关机了。

张龙援把案发后的基本情况告诉王楚洁后，按道理现在得轮王楚洁跟他说点什么了。王楚洁张张嘴，却不知从何说起。在王楚洁看来，她家的事是剪不断，理还乱，一时半会，根本就说不清楚。

“我有一个请求，你们别尸检，好吗？即使要尸检，也别用刀剖苏芳。”王楚洁望着窗外空明的月亮，突然用一种处于下势的口吻请求张龙援。

“为什么？”

“王泽荫解剖了一辈子尸体，我不想这事摊到他老婆苏芳头上。”

张龙援皱了一下眉头，说：“洁妹子，还是叫爸妈吧，王泽荫、苏芳不是你叫的，听着怪不习惯的。”

王楚洁愣了一下，说：“我当着他们两人的面，都是叫名字，他们习惯，你怎么就不习惯？你究竟答不答应我？”不自觉，她又恢复了平时居高临下的口吻。

“好好，你爱怎么叫怎么叫，可是，不尸检，怎么确定你妈的死因呢？”

“我敢断定，苏芳就是吃了大量的安眠药。”

张龙援眼神一亮，问：“你怎么知道？”

“我是从苏芳的脸色看出来的。”王泽荫曾多次说过，只有吃安眠药，死后才会像睡了一样，皮肤才会红嫩鲜洁，嘴角甚至还会留下一丝笑。王楚洁发现苏芳脸上就有这些特征，由此她肯定苏芳是吃了安眠药。

张龙援缓缓地点了点头，叹一声说：“洁妹子，如果你将来当警察，比你老爸强……”

王楚洁冷冷地说道：“如果当警察，还不如让我现在就去死。”

张龙援的眼睛又炯炯发光了，他问：“你这么痛恨警察？！”

王楚洁把睫毛一耷拉，遮住瞳仁，毫不忌讳地说：“是的，我痛恨王泽荫这样的警察，我觉得我家如果要有人去死，首先应该是王泽荫，而不是苏芳。”

张龙援把眉头拧成了一根麻花，他嘴角的肌肉不由自主地牵动了两下，说：“洁妹子，我真不习惯你说话的方式。”

王楚洁肩膀一耸，把手一摊，说：“那就别说了耶，今天是你找我说话，而不是我找你说话。”

“你这妹子！你搞清楚没有？！我们都在忙你家的事，你怎么这样不清白？！”张龙援看来也按捺不住了。

王楚洁一脸哂笑地看着他：“切，你们忙我家的事？我家什么事要你们忙？你们能把苏芳忙活过来吗？如果不能，那就少充好人！你以为我不知道？！你们是在忙一桩命案！全市所有的命案都是你们刑侦队的事，现在你们关心的不是我家死了人，你们关心的是凶手是谁！你们大概很希望凶手是我或者是王泽荫吧？那样你们就省了很多精力和时间！”

“老天，真是个魔女！”张龙援甩袖而去。跟在他后面离去的，还有那个戴眼镜的警察。

第 05 章
红酒呈现一种欺骗的颜色

离开王楚洁，张龙援再去盘问她的外公外婆。

王楚洁的外公外婆已经很久没有去王家了。王家的事，他们知道的，都是一些陈年芝麻事。当花边新闻听听还行，跟破案却没多大的关系。

苏芳的母亲，也就是王楚洁的外婆是这么对张龙援说的：“这个混蛋完全是把我女儿骗到手的！”

她这话是有根据的。关于王泽荫与苏芳的恋爱，他们身边的人多多少少都知道一些。王楚洁的外公外婆、王泽荫的同事，还有王楚洁，都知道。尽管父母恋爱时，还没有王楚洁。但在后来很长的一段时候，王泽荫一喝醉酒，就喜欢吹嘘他是如何把她妈追到手的。

应该是十五年前夏天的一个夜晚，在解放路的一家名叫蒙罗的舞厅，王泽荫与苏芳初次相见。现在想来，这家舞厅的名字，还真有点隐喻的意味，有着羞涩笑容的苏芳就像传说中的“蒙”娜丽莎，而法医王泽荫就像蒙面大侠佐“罗”。从一开始，他就不敢以真面目示人。

上世纪九十年代沙水市的霓虹灯充满了暧昧、骚动和迷幻的气息。在这种灯光下，那晚法医王泽荫用他那双有神的小眼睛，不停地在舞池睃巡。后来他就瞄上了一袭白裙的苏芳。

那晚，是刚从卫校毕业的苏芳进入社会参加的第一场舞会。她脸上的表情像花一般稚嫩而富有朝气，并对生活明显充满了好奇和感恩。她不像舞厅里的其他女人，故意把自己弄得一副饱饮红尘、醉生梦死的模样。可以想象得出，她这种天然去雕饰的形态，在舞厅里是相当有吸引力的，就像一只小白兔混杂在一笼子花色鸡群里。

二十七岁的王泽荫一边喝着酒，一边盯着蝶一般翩跹的苏芳看。他身边的同事捅了捅他的胳膊，说：“怎么，对这个雏儿有兴趣？”

王泽荫没有吭声，只是把手边的红酒举起来抿了一大口。

同事便知道了王泽荫的心思，于是像游鱼一样滑向舞厅，朝花骨朵儿似的苏芳靠过去。他扮成醉汉的模样，在苏芳身上蹭蹭撞撞。若换了现在她的女儿王楚洁，早他妈一个耳光掀过去了。可那时的苏芳只会不住地皱眉，不住地失声惊叫：“哎呀，你这人……你这人是怎么回事呀？”

没一会儿，舞厅就乱套了。苏芳初涉舞厅，当然不是一个人独来的。见苏芳受人骚扰，苏芳的同事们纷纷上前助嘴帮舌。

“搞么子唠？你这个醉鬼，想打一个小姑娘的主意吗？有本事朝老娘来呀。”一个大姐这么说道。其他人马上帮腔：“是呀是呀，有本事冲我们来呀。”顺便把苏芳挡在了身后。

王泽荫这时出面了，他将“醉汉”一把拉到自己身边，然后不住地向苏芳和她的五六个同事道歉。“对不起，对不起，这家伙实在是喝多了。”

“喝多了就可以欺负一个小姑娘吗？”“是啊是啊？！”还是一人领唱众人和。

“也许是这位姑娘长得太美了吧，我同事没有恶意，只想找个机会认识一下你们。”王泽荫不说是自己想认识苏芳，却说是同事。

“那好，请我们喝酒。”女人群里的大姐大，从来都是爱贪便宜的人。她不知道她这么一贪便宜，便给王泽荫架起了一座通往婚姻的桥。王泽荫没想到她们这么容易上钩，当然顺水推舟，叫一声：“好啊！”然后他双手一举，优雅地拍一巴掌，回头叫道：“服务员，啤酒！”

大姐大白眼一翻，讥道：“没这么小气吧？说什么也得红酒吧？”

“好！红酒就红酒！”王泽荫毫不犹豫，对服务员改口说，“上红酒！”

心里着急的苏芳这时不得不插向前来，拉着她们大姐大的衣襟，拼命使眼色。可大姐大才不理会她呢，“你别管，要想认识咱们七朵金花，不破费点行吗？”敢情她是把自己也当金花了？这话逗得王泽荫身边的“醉汉”一肚子坏笑就要往嘴巴里涌，他忙捂住嘴巴，拔腿往厕所跑。

“呵呵，开溜了吧？是真心还是假意，一试便知。”大姐大说罢看着王泽荫，“还上酒吗？”

王泽荫说：“当然上啊。”

“谁付费？”

“他不付我付。”

清纯的苏芳走到王泽荫身边，微微一欠身，说：“这位先生，谢谢你的好意，我大姐只是说笑话，你用不着这样。”

王泽荫听苏芳这么说，恨不得自己跑过去把红酒拿过来。他笑呵呵地望着苏芳的那张稚脸，说：“这位姑娘，没关系啦，就算是我想认识你吧，其实我的确也想认识你们。”

王朝干红在舞厅的价格是外面的好几倍，一伙人喝了三瓶。让王泽荫那个月的工资彻底泡汤。

“醉汉”从厕所“吐”完出来，一副酒醒了的模样，他先给苏芳道歉，然后与苏芳的各位姐们儿不停地斗酒，喝得不亦乐乎。等到要付费的时候，他赶紧声明钱带少了，就由王泽荫付款好了。王泽荫一点也不推辞，非常干脆地把钱给付了。

有这么个精明、好色、小气的同事在身边一衬托，王泽荫礼貌、稳重、守信等众多美德一下子就脱颖而出。苏芳对王泽荫的好感就是这么建立起来的。

当第二次再在舞厅见面时，两人理所当然就成了熟人。王泽荫优雅地邀请苏芳共舞，苏芳略带羞涩地站起来，让王泽荫牵住她的纤纤细手，爱情便在这旋转的舞步中一点一点地萌芽了。而婚姻则伺在一旁，望着他俩嘿嘿冷笑。

这种恋爱的小把戏当然算不上什么欺骗，王泽荫也没想要隐瞒苏芳，在苏芳第一次投怀送抱时，王泽荫就得意洋洋地告诉了她那晚同事醉酒的真正目的。苏芳拿小拳擂了一下王泽荫，嗔责了几句，心里却是甜蜜蜜的。是啊，如果没有王泽荫同事的那场“表演”，自己怎么能认识眼前的这位白马王子呢？

王泽荫的同事也抱同样的想法，所以在后来王泽荫与苏芳的结婚宴上，他叫得最凶，以功臣自居，一副骄傲的嘴脸足够十五人瞧半个月。苏芳对他也是特别的关照，敬酒频频，让他真正地醉了一回。其实那晚即使没有同事帮忙，二十七岁的王泽荫也完全有能力去接近二十一岁的苏芳，那样的话，他们的相识就稍有偏差。但条条大道不都可以通向罗马吗？

警察王泽荫人长得并不差，身高一米七九，体重七十公斤。这样的身材再套上西服，非常经久耐看。何况，年轻时的王泽荫特别注意自己的仪表，头发永远是板寸，下巴从来刮得铁青。走在街上，常会被女人眼角的余光扫及。

但在认识苏芳之前，王泽荫的恋爱却特别失败。知根知底的女孩，玩得好的很多，但要论及爱情，都会像鸟儿一般从王泽荫身边飞开。为什么？她们想象不出与法医王泽荫谈恋爱会是什么样的感受。做朋友，无非是在一起吃饭，泡吧，打麻将，一起出去游玩。而做爱人，就不仅仅是这些了。

王泽荫见自由恋爱不成，只好央人做介绍，但还是不行。好几个女孩见了王泽荫第一次后，就再不肯见第二次。说是受不了王泽荫身上的福尔马林气味，这股气味真的特别得很。无奈之下，王泽荫就想用欺骗的手段获得爱情和婚姻。可媒人不配合。“你的工作这么特别，怎么能隐瞒？！到时你们好便罢了，若是不好，不是会记恨我一辈子？！我图个什么呀？”说得王泽荫好不羞愧。

若干年后，王泽荫告诉王楚洁，从那回开始，他便采取了“爱情钓鱼法”。所谓“钓鱼法”，就是钓者和被钓者以前从不认识，钓与被钓完全是出自一种偶然。双方的好感，完全是建立在眼前的第一印象，而跟过去一点关系都没有。不但没有关系，他自始至终还得对自己的过去避而不谈，讳莫如深。等到生米煮成熟饭了，再看情况而定。教科书上说了，一个女人对一个男人的好印象，其实在初次见面时的两分钟之内就确定下来了。

在苏芳之前，王泽荫在舞厅、邮局、餐馆、公园等场所钓过几条鱼，但都没有成功。鱼儿咬线是咬线了，但一个个太精明，当闻到主人身上那股特殊的气味后，她们就旁敲侧击，明察暗访，打听王泽荫究竟是干什么的。得知王泽荫是尸检法医后，这些鱼儿还有什么心情“进食”呀？当即逃之夭夭，害得王泽荫耗时破财又费情。

碰上护士苏芳算是王泽荫的运气。护士苏芳在医院闻惯了福尔马林气味，也不觉得有什么特别。开始她还以为那气味是自己身上的呢。当然她自己身上也的确有这种气味。不过倘若细察，就可以发现两人身上的气味相同之中又有不同。但热恋中的苏芳并没有细察。

王泽荫只告诉苏芳他在公安局工作，至于工作性质是属国家机密，不能告诉任何人。单纯的苏芳就信了，并且对自己身份神秘的男朋友充满近乎崇拜的敬意。要说苏芳的智商并不低，可热恋中的女人智商常常处在减半状态。就像美国大片《真实的谎言》里那样，女法律专家对自己的特工丈夫一无所知，却被一个收购旧汽车的男人假扮特工，骗得五迷三道，让人简直要笑死过去。

不到一年，苏芳与王泽荫结婚了。为了避免苏芳与自己同事有过多的接触，婚后王泽荫没有要自己单位的房子，而是在离苏芳单位不远的地方购买了一套商品房。一个现成的理由，就是为了方便苏芳上班，让苏芳又扎扎实实地感动了一回。

跟所有刚成立的家庭一样，王泽荫和苏芳从此过上幸福的生活。

古装戏里，才子中举回来娶了佳人，故事一般到这里就结束了，仿佛才子娶了佳人就可以从此一睡不起，再不要管尘世中的俗事了。但现代不同，现代人的故事一般都在婚后。

现在，王楚洁的外公和外婆只能向刑侦大队长张龙援大吐后悔的口水。王楚洁的外公认为那时候他们一方面对苏芳太宠爱了，另一方面对苏芳又管得太严。过分宠爱致使苏芳对任何事情都缺乏自己的判断力；管得太严又致使苏芳的社会经验严重不足。正因为这样，单纯得像一张白纸的苏芳才会被王泽荫的花言巧语所迷惑。

张龙援深深地叹了一口气。在这两个老人的眼里，他的同事王泽荫竟成了一个采花大盗式的人物。哎，真是罪孽。

第 06 章
月光幻觉

张龙援一出去，王楚洁就跳到门口，把门轻轻反锁上。然后关了灯，找到屋角一张比较舒服的沙发躺下去。灯熄后，月光从窗外透进来，淡淡的，像一块乳白色的手绢落在地上。整个房间暗而不黑。王楚洁喜欢这种感觉，这种亮度朦胧而含蓄，安详而和谐。

不知从什么时候开始，王楚洁就不怎么喜欢太强的光线了。太强的光线仿佛能够洗脑，会让她的头脑变得一片空白。可她也不喜欢伸手不见五指的黑暗。屋子里一旦太黑，经过法医王泽荫之手的尸体就会在她的想象中复活，在她似醒非醒的梦境中，说说笑笑，吵吵闹闹，让她根本没法睡踏实。虽然她现在已经不怕这些尸体了，但过于热闹的幻觉会扰了她睡梦，她担心那些声音会把她弄成个神经病。

有人在推门，继而敲门。“喂喂，干吗把门反锁呀？开门！”

王楚洁懒洋洋地答道：“别吵好吗？让我静一下。”

外面沉默了。然后是离开的脚步声。再然后是一大堆急促而来的杂乱的脚步声停在门口。

“洁妹子，你干吗？！开门！”是张龙援的声音。

王楚洁停了一下，心平气和地说：“能不能让我一个人待一会儿？”

“洁妹子，你可千万别做傻事。”

王楚洁听见自己的内心传出一声冷笑。她说：“张大队长，放心吧，你以为一个魔女会做什么？我只想好好静一静。”

张龙援沉吟半晌，说：“也好，等你把事情想清楚了，想好了，我们再谈谈。”杂乱的脚步再次离去。

但王楚洁能够感觉得到，门口留了人。看样子张龙援还是不放心，一旦她在房里有什么风吹草动，他们肯定会破门而入。

哎，警察常常这样，总喜欢把最日常的事情搞得神经兮兮，可在重大的事件上，却失去正确的判断力。

目前，王楚洁还不清楚张龙援他们究竟是怎么想的。就她个人的感觉，苏芳的死，应该跟王泽荫有关。当然，这是一句废话。这个城市，入室抢劫杀人案虽然越来越多，但她家的这个案子，显然不是。没有人会用安眠药毒死一个人再去抢劫。排除这个因素，苏芳的死就肯定与王泽荫有关。只不知是直接关系，还是间接关系。如果按报案人的说法，他是在看着王泽荫匆匆离去后才报案的，那么王泽荫很可能是直接凶手。

这会儿，王楚洁漆黑的眸子在暗夜中闪着黠慧的亮光。凭她对王泽荫的了解，他应该不可能谋杀苏芳。当然，夫妻间由于一事不和，大打出手，激情杀人也是有的。但王泽荫和苏芳早过了激情杀人的时间，要杀，早几年就杀了，早几年她家有很多“波澜壮阔”的场景，让他们任何一方都有足够的激愤和爆发力杀死另一方，但他们都没选择那么做。再说了，安眠药是一种深谋远虑的符号和象征，它与激情杀人根本挂不上钩。

王楚洁翻了一下身，记忆停留在早晨苏芳梳洗的那一刻。要说苏芳的死并不突然，多多少少有些征兆。很久都不注意仪表的苏芳，今天早晨却把自己收拾得一丝乱发都没有。更重要的是，她竟然记住了王泽荫的生日，并且还说有一个礼物送给王泽荫。以他们两人现在的关系，送礼物是很难想象的。不过也难说，他们两人现在的关系虽然不怎么好，但王楚洁还是经常看见他俩在卧室里大大咧咧地做着爱，这说明他们的关系也差不到哪里去。如果苏芳硬要选择在王泽荫四十二岁的时候，送他一份精致的礼物，作为他们重修于好的信号，也不算违背日常规则。

王楚洁暗叹一声：倘若真是这样，那我就看走眼了。在她看来，苏芳虽然仍与王泽荫做爱，但那只是一种破罐子破摔的做法，因为他们之间的那道裂痕，无论做多少次爱，都弥补不了。

王楚洁虽然并未尝过性爱滋味，不过她从碟上看过不少。那是男女之间一种非常奇妙的感觉。它的存在能弥补男女之间很多矛盾。她想：既然做爱都弥补不了，那么送礼物又怎么能弥补呢？

今天早晨王楚洁去上学时，王泽荫早上班去了。那么王泽荫是什么时候回家的呢？如果他中午就回去了，而下午四点才从家里稀奇古怪地冲出来。那么苏芳的死很可能就是他的“杰作”，他之所以要用这种引人注目的方式离去，大概是想传递给别人这样一种信号：他无法接受苏芳的死？

可这种解释行得通吗？如果苏芳的死跟他没有直接关系，那么他自己报案不是更好些吗？为什么还要摆出这么一副近似癫痫的举动呢？要知道，他平均每三天就要解剖一具尸体，现在面对自己妻子的尸体，他不应该那么手足无措。如果报案人的描述跟他实际见到的没有太大出入的话，王楚洁觉得王泽荫这个举动非常做作，有“此地无银三百两”之嫌。

躺在沙发上，王楚洁本来是想睡一觉的。但想着想着，就一点睡意都没有了。她在想，张龙援他们会不会同她有一样的推测？这个时候，他们一定非常想知道王泽荫究竟在什么地方。王泽荫真想避嫌，在这个关键时候选择缺席，那是非常不明智的。无论怎么说，王泽荫的嫌疑绝对比她大得多。她毕竟还是个孩子，得依靠王泽荫和苏芳生活，在外人看来，她没有理由杀他们中间的任何一个。

王楚洁这么想着，心里就有些苦意了：谁知道外人是怎么看的呢？我王楚洁毕竟是人们眼里的魔女。一个魔鬼般的女孩什么事情做不出呢？何况报纸上几乎每天都有报道父母杀子女或子女杀父母的案例，张龙援他们一定也办理过类似的案例。去年河西师大那起女杀母案，不就是张龙援他们办的吗？

十八的女孩不肯报考音乐学院，可她的父母硬要让她报考。结果音乐学院没考上，却染上了吸毒的坏习惯。母亲便把她锁在屋里，不让她出门。她激愤之下，一棍子就将自己的母亲头颅敲碎，然后出门寻毒品去了。

那年听王泽荫说起这个故事，当时王楚洁的内心的确有一种异样的感觉。她的血液一下子就沸腾起来。她看了一眼正在洗碗的苏芳，又看一眼，吞咽一口唾液，然后对自己说：尽管我可怜她，有时甚至还憎恨她，但她毕竟是我母亲，我的木棍决不能敲向她的脑袋。同时她还对自己说：我的一生，决不要沾染上毒品。王泽荫曾告诉过她，毒品极容易让人变得神志不清。

倒是有很多次，王楚洁曾经设想，联合苏芳把醉生梦死的王泽荫解决掉。并不是她恨王泽荫恨得要死，而是觉得解决了他，苏芳才有一条活路。要不然，苏芳迟早会死掉或疯掉的，弄不好他俩会一齐死掉或疯掉。与其这样，还不如让他俩死一个，留一个。

夜有些深了，城市的灯光次第暗淡下来，窗外的月光就越来越汹涌了，一缕缕梦幻般的月光倾泻进来，整间屋子都盈满了奇异的清辉。以前王楚洁一直以为杀人是一件费力的事情，现在看来也并不费力。苏芳的死只有结果存在，死亡的过程在不到几个小时之后就销声匿迹了，让随后赶到她家的警察束手无策。

王楚洁心想：早知死亡这么简单，其实我没必要联合苏芳就可以把王泽荫解决掉。这样，也许苏芳和王泽荫都会感激我的。

很多年了，苏芳都有吃安定片的习惯。安定片虽然非常便宜，但因为它的毒性，既能致人于死地，又能让人上瘾，所以对外限制非常严。不过苏芳作为护士，当然有办法搞到手。王楚洁就经常看见苏芳把安定片盒摆在床头，想吃就吃。

王楚洁想：如果我从里面时不时地偷出来一些，想必她也不会发现。待积到一定的数量，我再把它们研碎，等某次王泽荫醉酒之后，我把它倾泻到他的茶杯里。他咕咚咕咚一气喝完，不就成了现在的苏芳吗？

天，难道王泽荫就是用这样的方法对付醉酒后的苏芳吗？月光下的王楚洁浑身陷入战栗之中。

第 07 章
解剖师

又有敲门声。

“干吗呀？这么晚了！”王楚洁很不耐烦。她在思考，在幻想，在惊悸……

“你外公叫你。”门外的声音这么回答她。

王楚洁听说是外公在叫，才结束自己漫长的揣想，起身把门打开，然后懒洋洋地跟着一个警察走到另一间办公室。

王楚洁的外公和外婆到现在仍咽哽难鸣。尽管说话费力，但他们干涩的口腔配合近乎麻木的舌头，还在说个不停。在他们的回忆下，王泽荫和苏芳已经过了恋爱结婚生子阶段，现在到了闹矛盾的时候。可他们毕竟年纪大了，已记不清王泽荫和苏芳彻底决裂是什么时候。外公说是 1999 年，外婆则说是 2002 年，中间的时间差实在是太大了。外公认为自己的记忆是准确的，他把王楚洁叫来，是想做他的盟军。

要说外公的记忆的确比外婆好。但他同样错了。

苏芳与王泽荫彻底决裂是在王楚洁七岁的那年夏天。那应该是 2000 年。当然，在这之前，他俩也有过一些矛盾。但那都是小事，不足以让他俩走上心灵的决裂。要知道，能够与天使般的苏芳在一起生活，自惭形秽的王泽荫是多么快乐。他不是一个浪漫的人，在行动上不能有很多爱的表现。但在内心里，他爱苏芳足以有种发疯的感觉。他觉得苏芳的降临，简直就是上帝送给他最美好的礼物。所以日常生活有个什么小矛盾，一般都是他息事宁人。倒是苏芳，有时却要无理闹三分。当然，她那种嗔怨责骂，王泽荫都是笑眯眯地接受了。

两人一次较大的矛盾，是在王楚洁出生之后。

苏芳是个单纯的梦幻型的女人，这样的女人一般都喜欢花。苏芳总要每周一次买些鲜花将窗前的旧花换掉。王泽荫他一个法医，对鲜花当然没多少感觉。但法医也知道鲜花是爱情的调味品，所以每次苏芳从外面买花回来，他总要从后面拥着她，嗅嗅她，嗅嗅花。让苏芳陶醉得不行。有时，他在野外作业，也会偷偷地采一把野花回来，送给苏芳，让苏芳的陶醉陷入更深的意境。

但这种陶醉是短暂的。一年后，当王楚洁作为女儿的身份出生时，王泽荫就有些心不在焉了。王泽荫很遗憾她不是个男孩。但遗憾归遗憾，王泽荫并不说出口。苏芳也知道王泽荫一直想要个男孩，当她知道是个女孩后，就虚弱地看着王泽荫笑，笑意苦苦的。王泽荫见了这么一朵惹人怜爱的充满歉意的笑，男子汉胸怀顿时开阔起来，他怜惜地抚摸着苏芳湿淋淋的头发，一副女孩也没有什么不好的表情。

但王楚洁的爷爷奶奶可没有这么好的胸怀，王泽荫和苏芳第一次带着女儿回乡下探亲时，苏芳就明显感到了王泽荫父母的冷淡。王泽荫家三代单传，他父亲又特别呆板，这从他给儿子取的名就可以看出来。泽荫，多土呀！泽，大概有惠泽的意思；荫，有枝叶繁茂的意思，引申为家族人丁、势力或威望什么的都顶呱呱地蒸蒸日上。两个字合在一起，当然就是希望他儿子既能生子，又能当官。可惜的是，子是生了，可惜是个女孩；官呢，还没有看到一点希望，王泽荫仅仅只是一个不敢把真实身份告诉给妻子的法医。

王楚洁在乡下的那段时间里，她爷爷连抱都没抱她一下。也不知他背着苏芳给王泽荫说了什么，弄得王泽荫返城后很长一段时间，都心事重重的，对王楚洁的吃喝拉撒，都爱理不理。王楚洁长大后听说这些事情，就对“爷爷奶奶”这两个词一点兴趣都没有了，再没回乡下去看他们。当然，她爷爷奶奶也很少进城。即使进城，也是蜻蜓点水般，过不了一天，又返回乡下了。

国家的计生政策就是这样，一对夫妇只准生一个。除非王泽荫和苏芳都丢了工作不要，那再生几个也无所谓。但王泽荫显然不会下这么大的决心，再说城市里像他这样一个独生女儿的情况多的是，慢慢地，他也懒得计较这么多了。随着王楚洁的咿呀学语，蹒跚学步，家里最初的那种幸福的感觉似乎又恢复过来了。对王楚洁来说，幼年时她并没有感到有什么不对劲，在她最初模糊的记忆中，王泽荫和苏芳有着两张极生动的笑脸。她的幼年是同别的孩子一样，也生长在一个美丽的童话中。

如果把王家比作一条小舟，那么对这条小舟彻底颠覆的是一张报纸。具体地说，是一篇关于王泽荫的报道。这就是王楚洁的外公外婆正在跟张龙援大队长讲述的重大事件。其实他们不讲，刑侦大队也有很多人知道，包括张龙援。

关于 2000 年夏天发生的事情，在王楚洁七岁的头脑中，已经没有多少印象，现在她唯一能记住的是苏芳那张怒不可遏的脸，一直以来，苏芳都有着一副天使般甜蜜的面容，但在那年夏天，苏芳天使般甜蜜的面容完全被愤怒给摧毁了，变得异常狰狞和丑陋。如果说王楚洁的童年有什么阴影的话，苏芳那张恐怖的脸应该是投在她童年天空中的第一片阴影。

晴好的天气，一个慵散的中午，苏芳值班。

苏芳一个正在看报的同事，突然笑道："苏芳，恭喜你啊，你老公上报纸了。”

苏芳说：“不可能吧，哪呀？”

“报纸上表扬你老公呢，说他是个默默奉献的优秀青年。”

“不可能啊。”苏芳一直认为他老公是搞秘密工作的。搞秘密工作的，搞得再好，也上不了报。

“你老公不是叫王泽荫吗？你看看，这，不是他吗？”同事说着把一张报纸递了过来。

苏芳一看，照片都登出来了，这不是自己的老公又是谁呢？里面穿着警服，外面披着一件白大褂，蹲在河边一具看似尸体的东西旁边。照片虽然不大，人又是侧面，但自己的老公，苏芳又怎么会不认识呢？

苏芳的心猛地跳了一下，再拿眼睛去看照片下的文字，没一会儿，身子就禁不住哆嗦起来。为了控制住自己的失态，她用胸口顶住办公桌的边沿。两只手举起报纸，把自己一张苍白的脸挡在报纸中间。

但她怎么能控制自己呢？很快两只沁凉的满是鸡皮疙瘩的手也跟着颤抖起来。她的同事终是看出了她的反常，或者说，她的同事一直在等待着她的反常。苏芳以前曾多次对外甜蜜而自豪地宣称，她的老公在为政府搞秘密工作。现在她的同事发现苏芳所谓的秘密工作，只不过是替政府解剖尸体而已。一个法医，有什么好甜蜜和自豪的？看到报道后，苏芳同事的内心就有一股抑制不住的兴奋，她把报纸递给苏芳，就想看看苏芳是如何红着脸自圆其说的。

“怎么了？”同事瞟了苏芳一眼，用漫不经心的口吻问道。

苏芳没有回答，她甚至都没发觉同事这种漫不经心里所透露出的兴奋。她机械地站起来，僵尸般把浅蓝色的大褂脱下，然后把报纸折叠好，塞进挎包，再梦游一般地出门了。

“哎？苏芳，你怎么啦？”同事冲着她的背影叫道。

苏芳置若罔闻。

从苏芳上班的单位人民医院到她家，走路大约十五钟的样子。在这十五钟内，苏芳已从懵懂状态中醒过来了。如果说当苏芳得知王泽荫是一个法医那一刻，众多感受就像一包五味粉泻入她的脑海，让她感知的清水变得无比浑浊。那么经过十五分钟的沉淀后，其他感受都暂时沉入脑底，剩下的，只有一种叫愤怒的东西在她头脑中翻江倒海！

还有比这更让人愤怒的事情吗？一个与自己同床共枕差不多十年的丈夫，他的真实身份最后居然还要从一张报纸上得知！

打开门，苏芳发现王泽荫居然在家，而且正在看电视！这使得苏芳的愤怒一下子到了极点。到极点的愤怒就像一颗突然爆炸的炸弹！

她掏出报纸朝王泽荫砸去！然后怒吼一声：“王泽荫！你他妈的行！你他妈的够狠！你他妈的厉害！”

愤怒中的苏芳口不择言，一连说了三个“他妈的”。这可能是她三十岁之前说过的所有“他妈的”的总和。但她骂人的功夫实在有限，除了感叹王泽荫行、厉害、够狠外，她再也找不到别的词语了。可这几个词，就算搭配“他妈的”一起使用，看起来都像在夸赞！苏芳对自己的谩骂很不满意，可她再也找不到别的词了。

王泽荫对那张砸在他脸上的报纸瞥都没瞥一眼，继续目不转睛地看他的电视。苏芳见他这副样子，更气，更愤怒。

她在客厅里旋转了几圈，手突然举起来，又放下，继而抱头，或是用手扯自己的头发。后脑勺那个很好看的护士髻，没经她几下扯，就变成一堆乱发了。

就在苏芳找不到更有力的语言表达和行动宣泄时，茶杯及时进入了她的眼帘。这是她的茶杯。夏天的苏芳喜欢在上班之前泡一杯浓茶，待自己下班后再喝。

现在苏芳就感到非常非常渴。她径直走过去，把一大杯茶水咕咚咕咚灌进嘴里，然后握着茶杯愣了那么几秒钟。正在王泽荫心想她下一步该会如何时，就听见哗啦一声，茶杯不是以自由落体的速度掉落地面，而是以箭的速度射向地面。因为她出手如电，瓷质茶杯自然是以四分五裂的命运而告终。白色碎片分东西南北四个方向抱头鼠窜。杯内的茶叶由于身子绵软弹跳力不足，在她脚底水渍渍地软作一滩。

法医王泽荫有着强大的心理素质，依然不为所动。但他脸上的肌肉抗不住那一声炸响，轻微地颤了一下。

苏芳没有办法，现在她只剩下哭了。她呜咽着冲进卧室，啪地把门反关上。

王泽荫头脑发木，眼睛还是一眨也不眨地停留在电视屏幕上。

半小时后，苏芳提着一只旅行袋出来，里面装满了她的换洗衣服、日常用具和一些化妆品。她显然准备离家出走。王泽荫不想把事情闹大，他唰地站起来，冲到门口，抓住苏芳的手腕，苏芳尖叫一声，像一只被逮住的张皇的小兽，张嘴就咬。王泽荫的手臂被她咬了一个老大的血印。还是王泽荫脱手快，才没被她咬出血来。但这一咬，足以让王泽荫见识她的疯劲。

王泽荫知道要想阻挡自己的妻子，除非用手铐。他苍白无力地说道：“你听我解释……等我解释完后，是走是留，我都不拦你。”

一目了然的事情，苏芳已没有心情听他解释了。

噔、噔、噔、噔、嗒、嗒、嗒、嗒……苏芳离去的脚步声一点犹豫都没有。

王泽荫一脸痛苦，这时才把那双近乎绝望的眼睛闭上。事实上，他比苏芳更早看到报道。他手上就有这么一张报纸，当苏芳开门的一刹那，他立即把报纸塞到了屁股下，装着一副看电视的样子。他根本没想到苏芳会气成这样，二话不说，就把一张折叠的报纸摔在他脸上，然后连接吐出三个“他妈的！”王泽荫眼睛盯着电视，头脑中却一片浆糊，所有的事情他都清楚得很，但他却不知从什么地方说起。

是啊，一团麻纱，一下子怎么说得清呢？

事实上，王泽荫这时也很愤怒，当然他愤怒的对象不是苏芳，而是他的同事和领导。王泽荫这几天在新疆出差，和另两个警察去新疆抓一个在本市作案，并现场留下了指纹的逃犯。

而他在新疆出差期间，晚报要在新千年搞一个无名英雄系列报道。他们向公安局要人，并且指名要一些在特殊岗位上工作的人。大家一下子就想到了王泽荫。

领导向远在新疆的王泽荫打了一个电话，王泽荫忙不迭地在电话里推辞。领导以为他只是客气而已，挂了电话，仍然决定把他作为一个典型推出。

晚报派了一个叫王小麻的记者来刑侦大队采访。这个记者在刑侦队足足待了一天。他也许真的被王泽荫这个职业感动了，经他妙笔生花后，王泽荫身上立马笼罩了一层迷人的光环。

他说王泽荫从医学院出来后，“避利趋害”，毅然决然选择了法医这项光荣而神圣的职业。十多年来，他一共解剖或检验了一千多具形形色色的尸体，平均每三天就要检验一具尸体。因为他细致的工作，多少重特大恶性案件及时告破，多少犯罪伏法，而又有多少亡魂得以沉冤昭雪。为了共和国神圣事业，他差一点与婚姻失之交臂。是他的同事胡杨巧施“妙计”，才让一个美丽善良的护士投入他的怀抱。

可他们结婚九年，孩子都七岁了，王泽荫至今仍不敢向他美丽的妻子吐露他的真实职业。他为了这个城市的平安付出了常人难以承受的代价。他是我们这个时代的中坚力量，是和平年代最可爱的人！

在新世纪的今天，是该向社会也向他妻子公布他真实身份的时候了。他干的也许是全世界“最肮脏”的工作，但他却是最应该得到鲜花和掌声的人。希望整个社会都为他喝彩，同时也希望他妻子为他感到自豪！

老实说，记者王小麻的文笔真的不错。作为一个事不关己的局外人，看了这篇报道，还真会为王泽荫感叹一番，敬佩他所谓的奉献精神，并且为之鼓掌。但作为一个知情人，就不一定会为王泽荫感动。

事实上，王泽荫并没有这样伟大的奉献精神，王泽荫毕业于省里一所普通医学院，虽然颇有些才华，但按当时的政策，分配时他很可能要回到自己家乡那个穷山沟去，王泽荫不想回去，他想留在省城，就单枪匹马四处打探，最后得知刑侦支队需要一名法医。他当然知道法医的含义，但权衡了很久，他还是决定留下来。这就是说，其实他完全可以不做法医的。他不做，他现在的位置自然有其他人顶替。中国历来不缺人，缺的是岗位。

王泽荫是那天早晨从乌鲁木齐押着罪犯飞回来的。他的领导和同事拿着这张报纸去木棉机场迎接他。王泽荫看了报纸，当即大发雷霆，说他们这不是帮他抬他！而是陷害他毁灭他！领导和同事都笑他是夸大其词，并且异口同声地说，这事的确不该瞒着苏芳了。

王泽荫无可奈何，只能闷闷不乐地揣着报纸回到家里。

放下行李，他洗了个澡。在整个洗澡的过程中，顶着那一小股飞花乱坠的流水，闭着眼睛，他许了很多个心愿，那就是：

但愿苏芳没看到这篇报道！

但愿认识苏芳的人也没看到这篇报道！

但愿看到了这篇报道的人不会告诉苏芳！

但这怎么可能呢？晚报在这个城市共发行五十万份，平均每十人就有一份。感觉这个心愿难以实现后，王泽荫又祝愿苏芳在今天不会看到这篇报道。如果苏芳今天没看到这篇报道，那么整个晚上，他就有时间向她解释清楚。要不然，苏芳该有多气啊。隐瞒了将近十年的身份现在才公开，却不是向她公开，而是为了获得某种荣誉向整个社会公开。苏芳一定会认为，自己甚至不及报社一个记者或沙水市百万市民中的任何一个。

可王泽荫的这个祝愿就像上周王楚洁的请假条没获老师批准一样，同样没获得上帝批准。人民医院那个好事婆没等到下午，就把王泽荫的光辉事迹摊到了苏芳面前。苏芳突然回家，让他猝不及防，他只能眼睁睁地看着苏芳从愤怒、哭泣，到离家出走。

等苏芳走后，他唯一能做的，就是把两张报纸，展开，叠在一起，然后再折起来，收好。

第 08 章
什么是凶案媒质？

过分悲恸的人，很容易做出偏执判断，现在苏芳的父母就是这样的。他们几乎认定了王泽荫是杀人犯，可又提供不了有力的证据，只能挖空心思对王泽荫过去的所作所为进行陈述和批判。听得张龙援和他手下的兄弟直摇头，因为这不是提供证据，而是大暴隐私。可怜的王泽荫，这下在同事面前算是彻底“脱光”了。

其实岳父岳母不“脱”他，王泽荫在同事面前也基本上是光着的。这些年来，王家发生的大事，王泽荫单位的同事多少知道一些。

好在，王泽荫是不是凶手，不由岳父岳母说了算，而是得依靠证据。现在证据在什么地方呢？张龙援他们也许找到了一部分。另一部也许掌握在王楚洁手中。至少张龙援是这么看的。

王楚洁似乎看出了张龙援的心思。所以这会儿在外公外婆叨唠不停的时候，她很想赶在张龙援之前推断出王泽荫是不是凶手。如果他不是凶手，王楚洁就打算提供他是凶手的一些证据。而如果他是凶手，王楚洁就自己认下这个案子，她可不想王泽荫步苏芳后尘。他们两个，死一个，这个家就和谐了，没必要两个都死。王楚洁多少懂些法律，她知道如果一个十三岁的孩子认下这个案子，法律拿她一点办法也没有，最多是去少管所关几年。而少管所的那些管教干部也许比椿树中学那些白痴老师更好玩一些。她甚至都有些憧憬了。

今天早晨，让王楚洁惊奇的不只是苏芳一丝不乱的头发，还有她的打扮和屋子的布置。早晨苏芳的脸上施有淡粉，身上那套玫瑰红绸质旗袍，显得雅洁而高贵。与她本人的精致相得益彰的，是房间的温馨和清雅。王楚洁回家的时候，所有的窗帘都是拉上的，房间里到处有燃尽后的残烛，红红的，像一滩滩凝固了的眼泪，有一种凄艳的美。

王家好久不曾出现的鲜花，今天也出现了。窗台上的那束绽放的鲜花应该有百合、玫瑰、睡莲、满天星和勿忘我。这束花显然是苏芳送给王泽荫过生日的。难道这就是苏芳所说的生日礼物？

从王家的布置来看，今天应该是一个美好而浪漫的日子。可结果怎么就出现了一死一逃呢？这是张龙援关心的问题，也是王楚洁无法解答的问题。

应该说来，苏芳对王泽荫，其实早就死心了。今天她制造出的浪漫只是一种异象。王楚洁想，难道苏芳也想杀死王泽荫？想趁王泽荫四十二岁生日时送他到极乐世界去？而所谓的生日礼物不应该只是一束鲜花，而是去天堂的光明坦途？可狡猾的王泽荫正好发现了苏芳的阴谋？于是利用苏芳上洗手间之际，对换了掺有安眠药的红酒？

可这个念头还没在头脑中长好，就被王楚洁给否定了：

其一，如果是这样，苏芳毒死王泽荫后，自己恐怕也逃脱不了干系。除非她已经想好了退路。要不然王泽荫的同事绝不会放过她。

其二，就算是王泽荫发现了苏芳的阴谋，他也没有必要将毒酒对换。他完全可以把毒酒倒掉，重新满上。因为苏芳想他死，他并不一定想苏芳死。

可如果苏芳没有给他重新满上酒的时间呢？那么他的第一个念头，就是把酒对换掉。像看了几十上百篇的电影情节一样？也许是出于一种本能反应？

当苏芳笑吟吟从洗手间出来，端起酒要与他干杯时，他欲言又止，终是在思绪进退维谷的时候，看着苏芳把毒酒一饮而尽，然后他自己也把无毒的酒喝干。

可，还是不对呀？就算他一闪念没及时阻止住苏芳，他还是可以把喝了毒酒的苏芳送进医院抢救啊？如果抢救及时，安眠药并不能致人于死地。除非他真的想让苏芳去死？

近两年来，王泽荫一直鬼鬼祟祟的。苏芳和王楚洁都疑心他在外面找了情人，但并没理睬他，如果他找了个情人，王家也许就安宁多了。在潜意识里，苏芳与王楚洁都愿意他在外面找个情人。

如果王泽荫真的找了情人，那么他有没有想过杀死苏芳，让情人取而代之呢？可这怎么可能呢？只要王泽荫说一声，苏芳马上就会跟他离婚的，根本用不着下毒呀？

何况今天早晨表现出异常的是苏芳，而不是王泽荫。所以在这起案子上，苏芳无论如何都是个先导者。要下其他结论还为时过早，但苏芳是今天事端的制造者之一，基本上可以确定下来。只不过，苏芳作为事端的制造者，最后怎么反受其害？真让人百思不得其解。

会不会是苏芳自杀？

这完全有可能。王泽荫受不了苏芳自杀，才会像受了惊吓的小兽一样，暴窜而逃？可作为平均一周要检验两具尸体的男人，这种受吓的模样，是不是太做作了一点？

王楚洁心想，如果苏芳真要自杀，那应该是在五年前。五年前她家发生的那些事，都可以让苏芳当作自杀前的精神食粮。而五年后的今天，苏芳的内心已变得无比强大，她干吗还自杀呢？“好死不如懒活”，这两年她完全是按照这句古老的谚语去实践的。她甚至都堕落到愿意与王泽荫做爱了，那她还有什么想不开要自杀的呢？

所以自杀，似乎也可以排除。

王楚洁越想越糊涂。而张龙援，就想得更糊涂了……他燃尽了一支又一支烟。两双迷惘的目光一对视，互相又警惕起来。张龙援咧嘴笑了笑，站起来，把王楚洁单独带到一间房内，继续盘问。至于苏芳父母的叨唠，他让别的警察去对付了。

“你问我干什么？你问我外公外婆好了。”

“可你外公外婆什么都不知道。”

“他们跟你们说了这么多，怎么什么都不知道呢？”

“他们知道的，我们基本上也知道，甚至他们不知道的，我们也知道。”

“可我知道的，你们也知道。”王楚洁撇撇嘴说。

“不是！你知道的我们不知道。”张龙援双眼炯炯有神。

王楚洁沉默不语了。张龙援说：“洁妹子，你得帮我，其实帮我也是帮你，帮你家。我相信你也知道这其中的利害关系。”

“是我毒死了苏芳，告诉你得了！”王楚洁没想到自己会说出这么一句话来。刚才她的想法是：如果是王泽荫杀了苏芳，她就说是她；如果不是王泽荫杀了苏芳，她就说是他。现在没等自己做出结论，她就把案子给揽下了。难道我的潜意识真的认为是王泽荫杀了苏芳？王楚洁暗暗问自己。

张龙援说：“不是你。”

“就是我。”王楚洁一口咬定。

“那你说说怎么搞的？”

坐在张龙援身边的那个戴眼镜的警察听王楚洁这么说，迅速拿起笔，开始做笔录。

王楚洁心想，既然认下了这起案子，就得编圆溜一些，让张龙援一时半会求证不出。这样，王泽荫就有足够的时间想清楚自己是该逃之夭夭，还是该跑回来。

“我恨王泽荫，你们应该知道。”这是王楚洁说的第一句话。说完她抬头看了一眼张龙援。

张龙援点点头，说：“知道，听说他在杨家岭派出所打过你。”

王楚洁心里想，如果仅仅是杨家岭派出所那事，她也不会恨他。杨家岭派出所那事，换了任何一个家长，都会打耳光的。不过，那次王泽荫不但打她耳光，还用脚踹她肚子。

“苏芳很多年都睡不着，要吃安眠药才能睡着。我一直在偷苏芳的安眠药，我想有一天，用这些安眠药毒死王泽荫。昨天苏芳告诉我，今天是王泽荫的生日，我就决定选择在今天下手。我觉得让王泽荫生日这天死去，应该有一种特殊的意义。”

“有什么意义？”张龙援插话进来。

“什么意义？什么意义我也不知道，你自己想想看，总有一点意义吧？”王楚洁狡黠地说道。

“你继续说。”

“王泽荫昨天回家时，还带回了多半瓶没喝完的红酒，我把安眠药磨碎，全倒在了红酒里……”王楚洁决定赌一把。昨天王泽荫的确带回了半瓶红酒。

张龙援的眼睛突然亮了一下，王楚洁估计自己赌对了。也许安眠药正是掺在了红酒里。

“可为什么最后是你母亲喝了呢？”

王楚洁说：“这我就不知道了，你得问王泽荫。”

“好吧，今晚我们聊天就到这里。你就在这个办公室睡一觉，我们明天再聊。”张龙援说着，站起来要走。

这是怎么回事？案子问到关键时候，为什么突然不问了？王楚洁犯迷糊了，“喂？你不把我关到看守所吗？我跑了你怎么办？”她叫道。

张龙援咧嘴笑一下，一副爱理不理的样子，走到门口，他回头道：“你若跑了，就当我失职好了。”

王楚洁一惊，心想，难道有什么破绽让他看出来了？不然他真不怕我跑掉？哼哼，你若是不怕，我偏要跑掉。看你明天到哪儿去找我？现在让姑奶奶先睡一觉再说。等到天差不多要亮了，我就跑出去。先到家里看看有什么线索，再去寻找王泽荫。

第 09 章
解剖师与他妻子的很多夜晚

晚报事件后，苏芳离家出走不到两个小时，她父亲就给王泽荫打电话了：“小王啊，你怎么苏芳了？”

软在沙发里发呆的王泽荫蹦起来，结巴说道：“爸，没……没啊，一点误会，误会而已。”

“我看不是误会啊？苏芳一回来，就只知道哭，一句话也不说，就只哭啊！你给我说说看，你们究竟怎么了？”

王泽荫叹了一声，说：“爸，一言难尽……你问苏芳吧，要不，明天一早我去你那儿向你解释？”

不等岳父再发表意见，他就把手机关了。王泽荫是怕在电话里说不清楚，让岳父生气。事实上，王泽荫不但欺骗了苏芳，还欺骗了苏芳家所有的人，岳父知道了事情真相不生气才怪呢。这时的王泽荫是六神无主。

半夜里，老头子又打王泽荫的手机，见关机了，就打王家的座机。睡得迷迷糊糊的王楚洁听到王泽荫压低声音说道："这事明天我再向你解释，孩子睡着了，我怕吵了她。"说罢把座机的电话线也给拔了。

第二天一大早，王泽荫把王楚洁叫醒，不是送她去学校，而是把她带到了她外公家。老头子一见到王泽荫，劈头盖脸就是一顿臭骂，骂他是阴谋家、伪君子、阴险小人！

老婆子则骂他是挫把子、背时鬼、丧门星！然后又骂自己一家人当初瞎了狗眼。这让王楚洁很吃惊，她愕然地张大嘴巴，不知道外婆为什么会骂她自己？并且居然把她自己比作狗，真是不可思议。

王楚洁怯怯地走上前，按王泽荫事先的指示，叫一声"外公"，但老头子不理她。又叫一声"外婆"，老婆子同样不理她。王楚洁没其他法子了，她抬头去看王泽荫，但王泽荫再没有给她任何暗示。这会儿他一脸乌青，正低头领受两个老人的责难。

王楚洁真为父亲抱不平，觉得他是世界上最窝囊最可怜的人。长得高高大大，却让两个人瘦身小的老人训得一声不吭。她突然看见苏芳坐在卧室的床上哭，就跑进去叫"妈妈"。

"妈妈妈妈，你叫外公外婆别骂爸爸呀。"苏芳把她扯进怀中，抱着她的脑袋，叫一声“我的乖女啊”。可话才出口，她就撇下女儿，冲进厕所，大呕起来。但并没有呕出什么东西，只有一些发白发绿发黄的汁水。因为在这之前，苏芳已吐过无数次了。这次当然吐不出其他什么了。

苏芳哦哇哦哇吐完，一身疲软回到卧室。不明就里的王楚洁再次朝她靠过来，苏芳猛然像见鬼了似的，尖叫一声，伸手一推，把她推出老远。脸上那种近乎疯狂的厌恶表情，一下子烙在了王楚洁的内心深处，并且让她一辈子都无法忘却。

王楚洁哪会想到，平时与她极亲极近的母亲会变成这样？她一屁股跌倒在地，哇地一声大哭起来。后来王楚洁才知道，那天苏芳把自己也看作肮脏的载体了。仿佛当年王泽荫不是把一颗精子种在她的子宫内，而是把一粒腐烂的尸肉送到了她的阴道，与她的卵子结合，然后才生出王楚洁的。现在再看到她，马上就有一种不洁的反应，所以要立马推开她，冲进厕所。

王泽荫见女儿哭了，这个大男人居然也嚎一声，惊天动地地哭起来，他叫道：“当初我若不骗你们！苏芳会嫁给我吗？！”说完这话，他冲出门外，驾车跑了。

后来那天王楚洁是由她外公送去学校的。

并且从此后一个月，王楚洁都住在外公家。其饮食起居和上学放学都是由外公外婆照顾。尽管苏芳也住外公家，但苏芳看自己的女儿，就像看一个陌生人。在这一个月内，王楚洁根本记不得苏芳做过什么事情，只记得她一次又一次往厕所里跑，吐得“翻云覆雨”，吐得“口若悬河”。那种呕吐完全是惊天地泣鬼神式的。当时的王楚洁实在弄不懂她为什么会把呕吐弄得这么夸张。

当然苏芳的父母也不明白女儿为什么会吐成这样。曾有一阵子，老婆子还以为自己的女儿又怀孕了呢，可就算怀上了，也没有她这种恨不得把自己的五脏六肺都吐出来的呕法吧？

在这种绵绵无期的呕吐中，苏芳整个人瘦得像一张白纸。

苏芳离家出走到了娘家，才感觉王泽荫的欺骗还不算是最难忍受的。发一通脾气，摔一个茶杯，哭一场，也就过去了。待头脑清醒了，心气平和了，设身处地想想，王泽荫的所为所作，虽然卑鄙无耻，但为了自己的婚姻大事，出此下策，也算是道德之外情理之中的事情。倘若王泽荫不用这样的方法骗婚，那他娶老婆的过程，恐怕要曲折得多，并且，其人选也会特别受限制。因为这个世上，不怕与剖尸男人同床共枕的女人毕竟极少。

苏芳真正不能忍受的是王泽荫的真实身份！

起初，苏芳对王泽荫法医的身份并没有多少感觉，整整一天，她都被一种叫愤怒的情绪操纵着。她因愤怒而哭泣，把一双眼睛哭得红通通的，原本美丽的大眼睛，现在只剩一条红缝了，双眼肿得就像一对水蜜桃。

苏芳是第二天清晨才开始“打量”并且“斟酌”王泽荫这个崭

新的角色的。

具体说，是牙膏的颜色和牙膏在口中的感觉让她想起了王泽荫作为剖尸男人的这个角色。刚含进嘴中的牙膏莫名其妙就与她舌头上的味蕾发生了冲突，苏芳一个激灵，胃部生寒，血气上涌，惊天动地的呕吐就此拉开序幕！

嘴里的牙膏让她想到了王泽荫手中的一块腐肉。这是一种令人费解的联想，可苏芳就这么想了。苏芳不但感觉牙膏像腐烂的尸肉，她把厕所很多东西都想象成腐肉了。她不敢在厕所里待了，如果她继续在厕所待下去，她可能会一直这么吐下去，直到晕厥或死亡为止。

但待在卧室里，她还是吐，她不能想王泽荫，只要一想到他，卧室里的一切什物就都变成腐肉了，让她躺不敢躺，坐不敢坐，只能站着。她甚至把随后到来的女儿也当作腐肉了，一堆正在成长的腐肉。

她的这种感觉和联想真让人莫名其妙。但她知道，这应该跟她十二岁时一件微不足道的事情有些关联。那年夏天，她看了一本有关腐尸的书，那里面的描写实在是太恶心了，让她当时就吐得一塌糊涂。后来她再不敢看这类书和相关图片了。可谁能想到，她的命运就有那么背，上帝居然让她的丈夫变成一个专门与腐尸打交道的人？

天啊！王泽荫一年要解剖一百多具尸体，平均每三天就是一具。

这是个什么概念？！苏芳完全不敢想象。这就意味着，这个男人白天与尸体打交道，晚上与她打交道。

仔细回忆过去王泽荫的点点滴滴，苏芳突然非常非常痛恨自己！

为什么？恨自己笨呀，而且笨得要命！如果不笨，她应该早就猜测到了王泽荫的职业。至少可以看出一些端倪来，可她一直没有往深处想。

譬如说，人家吃鸡鸭鱼什么的，都是买已经杀好的，或者买好再让卖主去杀。可王泽荫不，王泽荫最喜欢把鸡鸭鱼买回家自己杀，而且比划来比划去，好像要在那些肉上雕花似的。还有，他的剔骨功夫也异常了得，几乎所有的肉，他都能把骨头取出来，连鱼骨都不例外。在王家吃鱼，只管放心把一块一块鱼肉扔到嘴里大嚼就是，根本用不着小心翼翼。王泽荫把最细微的鱼刺都挑出来了。苏芳为此没少在同事面前夸赞自己的丈夫，说他是个追求完美的男人。甚至有一回，他轻而易举就帮小区里的一个老人的小狗接上了断腿。而在这之前，她这个做护士的，面对那只小狗，却束手无策。现在真相大白后，她除了呕吐，还有别的选择吗？

如果可能，她愿意从认识王泽荫的那一刻起，把所有吃进去的东西全部呕吐出来。这样，也许才能将王泽荫彻底从自己的生活中剔除出去，像当年王泽荫剔一根细微的小刺。可这怎么可能呢？与王泽荫一起共餐的东西通过化学裂变，分子的重新组合，已变成了血液、肌肉和脂肪依附在她身上，成了她的一部分。除非她把自己一刀一刀给割了，否则没有第二条路可选择。

不仅仅是在杀禽剖兽上王泽荫表现怪异。晚上在床上做爱，王泽荫同样怪异得很。苏芳现在才明白为什么王泽荫每次把她脱得精光后，会把她摆得整整齐齐，然后一寸一寸地看，用他迷离的眼神；又一尺一尺地量，用他沁凉的手指。

那时苏芳还以为王泽荫是对自己美丽的胴体痴迷不已呢。现在看来，他完全是把苏芳与手下的一具具尸体在作比较。或者说，他在研究苏芳的身体，以便下一次解剖尸体时，能够做得更完美。他一寸一寸地看苏芳，不是打量她身体的局部之美，而是看她肌肉和骨骼的结构。他一尺一尺用手去量，不是性爱中的情不自禁，而是想具体感受一下苏芳身体各部分的比例……

想到这里，苏芳只得又往厕所跑了。

苏芳是个性爱高手。这样说，也许不确切。那就换一种说法吧，苏芳是个性爱感受能力很强的人。以往王泽荫稍微碰一下她，苏芳就会发出快乐的呻吟。等到了高潮，她就会忍不住翻滚，扭动，惊悸，像蛇一样把王泽荫缠得紧紧的。

王泽荫这时就会不耐烦地叫道：“别动，别动！叫你别动！”苏芳只好咬着牙坚持不动。全身的肌肉在一种难以自持的兴奋中战栗不已。苏芳心想，王泽荫在高潮时，怕是也在想着自己的那些尸体。而她苏芳又不是尸体，怎么会不动呢？他怎么能像要求自己的尸体那样要求苏芳呢？

离家出走的第一个晚上，苏芳在愤怒中还能睡着一会儿。但第二天晚上，当苏芳清醒地意识到王泽荫的法医身份以及这个身份背后的真相后，就再也睡不着了。

她怕声音，也怕静。怕回忆，也怕脑子里一片空白。怕醒着，也怕自己一睡不醒。她变得像个精神病人，时不时起床上一趟厕所。因为她每回忆一桩往事，都觉得是可耻而恶心的，从初恋时的牵手，到热恋时的亲吻，到结婚后的做爱。所有美好温馨的往事现在都变作了她呕吐的导火线。

可如果什么也不想，让脑子混混糊糊，呈浆糊状，苏芳又觉得自己也变成一具尸体了。尸体不会思索，而人会思索。苏芳为了做一个会思索的人，她只能无穷无尽地去假想、去回忆、去推敲、去揣测。

但人的意志是有限的。苏芳抗不住睡眠的要挟，总算合上了眼睛，终于有了迷迷糊糊的时候。可一旦有飞驰的夜车从窗前呼啸而过，苏芳必会从虫蛇遍地的梦境中一跃而起，然后睁着两只眼睛在黑夜里发着绿光。

可如果周围好长一段时间听不到一点声音，苏芳又会爬起来看看父母亲是不是还在。因为长时间的寂静会让苏芳觉得整个城市就剩她一个活人了，其余的都被她丈夫王泽荫给肢解了。她甚至还做过类似的梦，王泽荫把这个城市几百万市民全都解剖了，把一块一块的鲜血淋漓的尸体挂得到处都是，整个城市像涂了一片又一片橙红色的颜料，与吴冠中的江南水墨画颇为神似。在这样的水墨画里，王泽荫笑吟吟地左手携妻，右手携女，从中穿行，欣赏着他的杰作。他还时不时地指点一下，向她俩解释每一具尸体之所以要这么肢解的原由，那一般都跟死者生前的罪孽有关。

早晨起来，苏芳半醒半梦地坐在客厅的沙发上发呆，老婆子叫她去吃早点，她答非所问地说一句："昨夜我梦到老鼠在啃我，啃得我只剩一副骨头了……"

已经两天没吃东西的苏芳本来也想吃点东西。但稀饭和面包才进她的胃不久，就又从口里跑到马桶里去了。曾经有段时间，两个老人经不住苏芳这种呕吐的诱惑声，也先后跑到厕所呕吐起来。倒是八岁的王楚洁，一点也不受他们行为的干扰，吃得好好的，饱饱的。

苏芳用一种厌恶和妒忌的眼神看着吃得饱饱的好好的女儿。那种眼神，让王楚洁有一刻都怀疑她是不是想把自己害死。她再不敢叫妈妈了。她觉得母亲比任何一个陌生人都还陌生。她每天躲她躲得远远的。

很久以后，当王楚洁再次称呼她时，就像她外公外婆那样，直呼名字，叫苏芳，并且一点都不觉得有什么不自然。王楚洁不再认为苏芳是她母亲，而只当自己是苏芳从树洞里捡来的。七岁之前，苏芳也是这么告诉她的，但她不相信，现在她信了。她想：如果不是树洞捡的，她不会这么厌恶她。

三十岁的苏芳本来既有成熟女人的魅力，又有青春女孩的活力，可现在不成了，现在别人瞧她，就像看阳光下一个虚幻的影子。主要是她游离迷惘的眼神和她轻飘飘的步子，让人感觉她不像生活在这个尘世上。对她印象好的同事说她像天堂里一个天使，对她印象不好的个别同事，则说她像个地狱里的阴鬼。说来说去，其实是一个意思，那就是她已经不像人了。

苏芳自己则觉得自己比一张纸还薄，比一张纸还轻，比一张纸还飘。苏芳甚至都不敢穿过马路。她觉得阳光下的马路，像一条宽广的河流，而马路上川流不息的车辆，则是汹涌的波涛，只要她一下去，就会像一片桃花飘入大水，肯定会被波涛卷走的。

苏芳原来是妇产科的护士，现在是护士长了。这个护士长经过多年的临床，如今就算没有一个医生在场，她也能平平安安地把一个个小生命带到人世间来。这让她既自豪又自满，觉得自己的职业是太阳底下最辉煌的职业，望着那些小生命的诞生，就像看着一朵花儿绽开。产房里那些在外人看来不洁净的东西，却让她的内心充满了祥和、温馨和圣洁。这大概也是她既具女孩活力又有女人魅力的原因之一吧。

苏芳不可能在家里一直待着。她请了三天病假。三天后再去上班，苏芳发现自己不成了。上班的当天上午，就有一例需要剖腹产的孕妇住进了医院。苏芳像往常一样匆匆披挂上阵。她以为自己能够胜任，可事实证明她不再是以前的苏芳了。一见血糊糊她就头昏，想吐。产房里那些鲜艳的东西，不再是缤纷的落英，而成了王泽荫手下的那些事物。美好和丑陋其实就隔着一层薄纸，现在这层纸被王泽荫捅破了。苏芳的头脑一片混乱。

当天她的任务是配合妇产科医生把孩子从孕妇的肚子里抱出来。可她神情恍惚，连钳子、镊子、手术刀都捉不稳，这些东西几次从她的手中掉到地上。清脆的响声既吓着了她自己，也吓着了医生和孕妇，甚至连孕妇肚子里的孩子都受到了惊吓。当血从孕妇的肚子里涌出来的时候，苏芳脸色苍白，摇摇欲倒。

最后，她终于没忍住自己的恶心，捂着嘴巴跑了出来，没等赶到厕所，她就在妇产科的走廊上，吐得惨不忍睹。

那会儿，正是医生最需要帮助的时候，好在其他护士也在旁边，她们只好撇下手里的其他工作，纷纷上前帮忙。

苏芳这个样子，医院领导认为她是真的病了，而且病得不轻，给她开了一些护胃、安神、养气的药，要她再回去休养一段时间。

第 10 章

多年的同事是一个陌生人

王楚洁本来是想黎明时分偷偷溜走，不料夜里睡得太死了，等她醒来时，外面已经红日高照，还是张龙援敲门把她喊醒的。这让她感到好不羞耻。

“你今天上学吗？”这是早晨张龙援见到她的第一句话。

王楚洁说：“苏芳死了，我还上什么学？再说，你真不怕我逃跑吗？”

张龙援说：“要跑你昨晚就跑了，昨晚没跑，你就不会跑了。”

去你妈咪的！王楚洁在心里骂道，真是哪壶不开提哪壶！“昨晚我是打算逃跑呀，可我睡得太死了，来不及逃跑，就被你叫醒了。”

张龙援摇摇头，有点悲凉地看着她。好像在看一个“不知亡国恨”的商女，气得王楚洁只想拿刀捅了他的眼睛。

张龙援带她去食堂吃早餐的时候，一个民警满脸风尘地站在门口，欲言又止。张龙援点点头，他就走了过来。

张龙援说：“辛苦了，先吃点东西再说，坐吧。”

民警坐了下来，开始狼吞虎咽。

等他吃了几个包子后，张龙援问：“那边情况怎么样？”

民警警惕地看了王楚洁一眼，张龙援说：“没事，她只是个孩子。”

民警犹豫了一下，说：“王哥应该没回老家，我与王哥的爸爸妈妈都聊过，他们的情绪很平静，还不知道嫂子死了……我可以肯定，王哥没回去……”

张龙援沉吟了一会儿，点点头说：“现在只能先把他找到再说。”

民警说：“我知道，所以那边我让范伢子留下了，没让王哥父母知道，范伢子住镇上……”

张龙援点点头，说：“你们做得对。”

王楚洁听了，便插了一嘴，说：“等下我就打电话给我爷爷奶奶，说你们在镇上留了人。如果见到王泽荫，就叫他快点跑路。”

张龙援猛喝一声：“你他妈的就别捣蛋了！看看你这个样子，你以为你还小啊？！若是旧社会，都要说婆家了！”

“生气了吧？嚯嚯，我又让你生气了？！你真的好容易生气呢，你一个刑侦队长，怎么这么容易生气？电影里的刑侦队长可不像你这样。要沉住气，懂啵？”王楚洁嬉皮笑脸地说，一边还把张龙援放在桌上的烟掏出一支，递上前，“来，抽支烟。”

张龙援白了她一眼，说：“你根本就不会跟你爷爷奶奶打电话，你没有他们的电话。你恨他们，你与苏芳都恨他们，你们都有好多年没回去了！”

“厉害！就一晚上，连这都调查出来了？说说看，还知道些什么？”王楚洁吐吐舌头问。

张龙援说：“还知道你根本就没下毒！苏芳是喝了红酒，也吃了安眠药，但你家两个空红酒瓶里，一点安眠药分子都没有。”

王楚洁像是在问自己：“难道我把安眠药放在王泽荫的茶杯里了？”

张龙援冷笑一声，说：“你把安眠药放在苏芳茶杯里了。”

王楚洁听了，心一惊，这么说来，真是王泽荫下的毒手？

现在，王楚洁突然非常非常希望苏芳是自杀的。苏芳收拾停妥，打扮整齐，把一个神秘而极有纪念意义的礼物送给王泽荫，然后欣然赴死，一了百了。王楚洁恍然大悟地点点头：“那时我可能太匆忙了，人一匆忙，就容易出错，我可能把苏芳的茶杯当作是王泽荫的茶杯了，你们没发现，他俩的茶杯多么相似？”

张龙援漫不经心地说：“他俩的茶杯也有不相似处，比如说，王泽荫喜欢喝铁观音、苦丁茶什么的，而苏芳喜欢喝茉莉花茶和菊花茶，更不同的是，王泽荫的茶杯摸起来油腻腻的，里面的茶垢都差不多可以种草皮了，而苏芳的茶杯，干干净净的。还有，王泽荫的茶杯隔几米远都闻得到馊味，而苏芳的茶杯把鼻子凑在里面，还能感觉一缕清香。”

“佩服！到底是刑侦大队长啊。”王楚洁放下筷子，鼓了一下掌。

满脸风尘的民警怪怪地看了她一眼，王楚洁忙把脸上的兴奋收敛起来。心想：苏芳死了，我是不能兴奋的。

“现在你得跟我说实话了吧？”张龙援严肃地看着王楚洁。

王楚洁也很严肃地看着他，问：“是不是一定要置你们的同事王泽荫于死地，你们才甘心？！”

张龙援说：“你想错了，尽管你外公外婆怀疑是你爸毒死了你妈！但以我们对你爸多年的了解，他是不会做出这种事的。你爸只对死尸有兴趣，没兴趣算计活人。”

王楚洁浑身一颤，张龙援还算是了解王泽荫的，她问：“那你们为什么要对他穷追不舍呢？”

“只有他尽快出现，才能洗脱自己身上的嫌疑，并且让真相大白。再说，我们也只能等他回来，才能处理苏芳。”

“这么说，你们还没有解剖苏芳？”王楚洁问。

“你不是要求过吗？”

“行！张大队，你对我爸我妈都够义气，我配合你。想问什么只管问。我保证知无不言，言无不尽。哪怕最后真要把王泽荫送上断头台！”

“喂，你这个妹子晓得讲话不？”张龙援直皱眉头。

“好好，老天保佑王泽荫没有下毒，老天保佑王泽荫长命百岁，总可以了吧？”

身旁那个一脸疲倦的警察突然哈哈大笑起来。笑毕，对张龙援说：“相对与这个天魔星纠缠不清，我更愿意去乡下出差。”

“相对与你共进早餐，我更愿意独自去拉大便！”王楚洁回敬了他一句。说罢，真的起身去了厕所。

整个上午，都是张龙援问，王楚洁答，就在王家。张龙援走到哪里，王楚洁就跟到哪里，好像怕他把自己家里的东西偷偷拿走似的。

“你真的认为你爸王泽荫有情人吗？”张龙援问她。

“我和苏芳都认为他有情人，同时我们也希望他有情人。”王楚洁答道。

“你估计你爸是去情人家了？”

“开始我是这么想的，现在看来不大可能，自己的老婆才死多久，就去情人家，说不过去吧？”王楚洁说。

张龙援点点头，一边四处翻看王家的一草一木。“他若真有情人，也许情人知道他的下落也不一定吧？”

王楚洁若有所思，却答非所问：“王泽荫是一个不易受惊吓的人，可他昨天为什么会吓成那样？”

张龙援的眼睛又闪光了，问：“你是说，你老爸从楼上冲下来是受了惊吓？”

“你不这么认为吗？”

“这就是说，你爸虽然在上午十一点就离开单位了，但他可能没有回家，是在下午四点多的时候才回家，可一开门，发现你母亲自杀了，就大骇而逃？”

“不对，以我爸现在的样子，就算我妈自杀了，他也不会吓成这样……除非，他还看到了别的什么东西……”

“有道理。不过，你爸爸的行为，也许可以理解为悲恸过度……”

王楚洁问：“一个悲恸过度的人，这时会去干什么？会不会找个地方躲起来，独自伤心去？”说完这话，王楚洁突然笑了一下。这话不可笑，但自己用了“伤心”二字就好笑了。至少两年了，她都没见王泽荫伤心是什么样子。倒是经常看到苏芳暗自伤心。

张龙援说：“你长大后，不当警察真的怪可惜的。”

“公安机关会要一个魔女吗？别忘了我是个有案底的人！”王楚洁说。

张龙援说：“你好好读书吧，到时我想办法，就来我们刑侦大队。”

王楚洁瞧他一本正经的样子，又笑起来。笑完马上又后悔了。苏芳死了，王泽荫下落不明，这个时候她是不能与笑挂钩的。

长大当警察的话题，张龙援已经说第二次了，他大概忘了第一次她是怎么回答他的。

“喂，这些书是谁的？”张龙援没注意她的笑，突然指着书架上的一排排书问道。王楚洁瞟一眼说：“还能是谁的？就那个剖尸男人的呗！”

张龙援的眉头慢慢拧起来。《解剖学》《解剖学逻辑记忆法》《人体解剖学标本彩色图谱》……书架的这些书，对一个法医来说并不奇怪。但书架上除了这些书，更多的是与王泽荫的专业并不对口的书籍，譬如说《病理生理学》《诊断学》《中华医学大全》《血型研究》《肢体移植》……这些更像苏芳应该看的书。另外诸如《人类起源》《图腾崇拜》《生殖崇拜与死亡抗拒》《犹太教中的柏拉图门徒》《神义论语境中的社会契约论传统》《旧约全书》《神秘主义、巫术与文化风尚》《中国宗教与文学》《神圣的存在：比较宗教的范型》《古希腊三大悲剧家的研究》《欧洲近代生活：宗教、巫术、启蒙运动》《世界邪教史》《时间与传统》《诺斯政治与治疗》《耶路撒冷——论宗教权利与犹太教》《论埃及神学与哲学》《金枝》《人类的崩溃》……这些乱七八糟的书对张龙援来说，简直是听所未听、闻所未闻，他就不明白他的手下王泽荫为什么会买一些这样的书放在家里。这些书让他看起来不再像一个警察，而像一个研究人类、宗教和社会问题的学者。

这时张龙援才发现，王泽荫对他来说，完全是一个陌生人。他表面是他的同事、他的下属，而实质却是一个他完全不懂的人。他有点为自己的失职感到内疚。谁知道这个剖尸男人心里在想什么？作为队长，他对他的唯一要求，就是尽可能地找到每一桩案件的关键证据和线索，找到了，就表扬，就记功；找不到，就批评，就罚奖金。至于其他，他几乎没有关心过。

“这些书他看吗？”

“废话，不看他买回来干吗！”王楚洁说，“看书和看碟，是他无所事事时最大的嗜好。”

“可这些书他看得懂吗？”

“等找到他后，你问他自己吧。”

张龙援顺手从书架上抽出一本《考古工作手册》，翻了翻，又重新插了进去，一脸的困惑与茫然。同样作为刑警，难道这个剖尸男人与他们有着本质的区别吗？以前怎么就没有觉察到呢？按说，他看了这么多书，至少会在同事们面前卖弄一些吧？可这个男人也实在太封闭自己了。他似乎从没有与哪个同事谈过心。同事们见识过他的口才，那都是在案情分析会上。每一次案情分析会，他都口若悬河，把他的推理、设疑、分析、答案，滔滔不绝地向大家陈述。这样不知不觉就给大家造成了一个错觉，那就是他是一个性格开朗、能说会道的人。可现在回想起来，除案情分析会外，几乎没有见过其他同事与他聊过什么。特别是近些年来，除了工作，他几乎从不跟同事一起娱乐，譬如大家喜欢的打牌、打麻将、泡脚、泡吧，还有就是去歌厅听歌什么的。

王泽荫的车子并没安装GPS卫星定位系统，但张龙援和他的手下，居然在一天之内就把它找出来了。功劳归于肖雄。肖雄昨晚八点跟王楚洁“拜拜”后，张龙援安排他去追查组。肖雄不像别的同事那样去追查王泽荫本人。而是另辟蹊径，去追查王泽荫的车子。肖雄有一个朋友在都市晨报，肖雄在晚上九点多的时候给这个朋友打了个电话。要他在明天的都市晨报上插一则小广告，请广大市民帮助警方寻找一辆牌照尾数为4325的车子，当然晨报没说，这辆车子是警车。要不然又会给小市民添加诽谤警察的佐料。

也真是碰巧，第二天黄昏，就有人打电话来，说看见这辆车子了，并且得意洋洋地宣称，这不是一辆普通的车子，而是一辆警车，就停在胜利广场上，并且离他不到十米远。他在胜利广场本来是等人的，顺手拿起别人垫屁股后扔在那里的一张晨报浏览，一不小心就看到了这条协查通报，放下报纸抬起头，一不小心又看到了那辆牌照尾数为4325的车子。

当肖雄他们赶到胜利广场时，报警人还一脸自豪地站在那里，并且把刚才在报警电话里说的话又重复了一遍。

“我真的没想到，你们要找的是一辆警车，恐怕连你们自己都不知道吧？”

肖雄笑眯眯地说：“我们要找的正是一辆警车。”

“可你们在报纸上没说要找一辆警车呀？”

“是的，我们故意不说。”肖雄答道。

“我帮你们找到了一辆警车，应该有些报酬吧？”报警人眼睛里闪烁着狡黠的光芒。

“哦？报上没说报酬的事啊？要不，你留在这里，等我处理完这事后，请你吃晚饭？”肖雄把昨天在王楚洁面前所欠的幽默感给补回来了。

报警人摇摇头，说：“那算了吧！真不知我今天的运气怎么会这样好？晚饭留给你自己吃吧，我不如赶去买张彩票。”

肖雄笑道：“记得中奖之后，别忘了告诉我。”

报警人突然生气了，说：“早知你们是这样的人，我看见车了也不告诉你们，我他妈的留着这个秘密……没事偷着乐去！”

肖雄哈哈大笑，觉得这个社会懂幽默的人不在少数。

送走报警人，他们便忙开了。先是用工具撬开了车子，并仔细地搜查了一遍，可并没有发现什么有价值的线索，只是车子的后货箱里，发现几块疑是污血的黑斑，脏兮兮的，又有点像油迹，并且有很强的汽油味。如果王泽荫不是一个法医，这应该是个可疑的痕迹。但既然王泽荫是法医，车上有油迹似的污血，也没有什么好奇怪的。

另外王泽荫还有一个工作笔记和一本书放在车上。工作笔记上面有几十个电话号码。别人的电话号码都是存在手机里，他把电话号码写在笔记上，也许是为了更保险吧。因为手机一旦损坏或丢失，所有号码就会跟着手机一同消失，这时再想把它们找出来，就要花大力气。从这一点来说，王泽荫应该是一个严谨而细致的人，当然他的工作也需要他的严谨和细致，他的工作同时也塑造了他的严谨和细致。

除了电话号码，笔记上就都是一些工作记录。所谓工作记录，其实就是每一次尸检情况的简单记录。

出警原由。

时间和地点。

尸体死亡时间的判断。

尸体的腐烂情况。

尸体的解剖情况。

都是寥寥几句话。看不出一点感情的成分。张龙援他们从里面没找到可称作线索的任何东西。

书的名字叫：《第四度空间——人类的遁逃与新生》。在书的第127页对折了一角，如果没有其他特别含义，那应该只仅仅表示王泽荫已读到了这一页。书没有被他带下车去，也许表示这本书他只在车上看。看来王泽荫的时间观念还非常重。这叫什么？这叫不让一刻闲过。要知道，王泽荫并不是某位领导的司机，有大量的空闲时间在车上打发。他在车上，除了开车外，基本上没有在车上逗留的可能性。

肖雄把这些情况电告张龙援。张龙援让他把笔记本和书带回来，车子则仍然放在胜利广场。然后派人二十四小时蹲点，指望的是王泽荫返回开车时，将他拦下。

第 11 章
组织的力量

一周后，苏芳再去上班，可还是不行。只要一上产房，她就头晕，想吐。可她还要硬撑，妄想证明自己仍能胜任这项工作。

上班的第三天她又出事了。

第三天下午，医院里生孩子的人太多了，医生忙不过来，就要苏芳为一名产妇接生。可孩子才生到一半，苏芳就吐得一塌糊涂，根本没办法再进行下去了。吓得旁边的两个护士大喊大叫，最后是小儿科的两名医生来了，才将婴儿勉强从阴道扯出来。据说，如果再晚五分钟，婴儿就会窒息而死。得知这个情况，婴儿的父亲在医院的走廊里咆哮得像一只吠日的蜀犬。

院方决定暂停苏芳进产房的权利，只让她待在走廊的接待室里搞搞登记什么的。这让苏芳既愧又羞，因为这事一般是刚来的实习生做的。而现在让她这个护士长做这事，对她来说，简直是另一种形式的摧残。

苏芳和王泽荫这么一闹，获益的就数王楚洁了。这让她不得不想起了一句刚学会的成语：鹬蚌相争，渔翁得利。长这么大，一直是父母“照耀”她前行。现在父母闹得牛头不对马嘴，她也就没了方向。什么书法、舞蹈、钢琴、电脑等等乱七八糟的东西她终于可以抛却脑后了。苏芳都把她当陌生人了，哪还有心思送她去学舞蹈和钢琴呀？而王泽荫的老婆都要丢了，又怎么会管女儿的电脑培训和书法练习呢？其实，王楚洁对这些都兴趣不大，王楚洁最大的兴趣就是无法无天、自由自在地玩耍。

现在，她终于可以做到了。

自住到外公家后，王楚洁几乎每天都要玩到天黑才回家。准确地说，几乎每天都要到天黑，外公外婆才能把她找回家。外公外婆为了限制她出去，有时早早来校门口堵她。但王楚洁要么就从学校侧门溜走；要么就躲在别人的教室里，等到外公或外婆以为她又溜了，她才大摇大摆地走出来。

两个老人从学校出来，一路寻她，每天都要把学校到家的那些小街小巷走遍，才能从城市的某个角落把她像条小银鱼那样打捞出来。他们捉住她后，既侥幸，又气急败坏，不停地骂她。可王楚洁一点都不在乎，甚至觉得骂得很舒畅。因为从他们的骂声中可以听出他们对她的疼爱。总比苏芳和王泽荫好，几乎忘了还有她这么个女儿存在。

有一天，王楚洁决定玩一回失踪，想看看王泽荫和苏芳是不是真的一点都不在乎她？一放学，她就去了同学谭爱华家。谭爱华的父母对她很热情，要留她吃晚饭，王楚洁欣然答应，并且告诉他们，她已经告诉了自己的父母，晚上就留宿在他们家。谭爱华的父母听她这么说，当然不好意思拒绝，只说欢迎。

谭爱华有一张足够大的床，睡两个小孩子一点问题都没有。

王楚洁在这边玩得不亦乐乎的时候，两个老人在那边可急死了。他们把整个城市翻了个遍，都没将外孙女找出来。外婆回来对苏芳说明情况，要她帮着一起去找。说不定王楚洁被人拐卖了也不一定。

苏芳面无表情，说："你们去找王泽荫。"

外公没办法，只好主动打王泽荫的电话。问外孙女是不是回家了？王泽荫说没有。外公只好无可奈何地告诉他，洁妹子失踪了。那时已是晚上九点钟。王泽荫一听女儿失踪了，当然也急。

但他却先安慰走投无路的岳父岳母别急。这家伙毕竟是搞刑侦的，他找人可不像岳父岳母那样去大海里捞针。他嘴里答应马上去找，但屁股都没挪动一下，只是把电视机的音量调小了，然后歪着身子，直接把电话打给王楚洁的班主任，告诉班主任他女儿失踪了，再从班主任那里要了王楚洁全班同学家的电话号码，再一个接着一个电话打过去。

“对不起，打扰你们了，我是王楚洁的爸爸，我想问问王楚洁是不是在你家？”千篇一律。

大多数家长不认识王楚洁，他们会不耐烦地说：“谁是王楚洁啊？你打错电话了吧？”王泽荫就会赔笑着说：“是这样的，王楚洁是我女儿，是你家小孩的同学，今天放学后王楚洁一直没有回家，我想问问是不是在你们家。”

得到否定的答案后，王泽荫也不会马上挂电话，而是要这家小孩——也就是王楚洁的同学接电话。问王楚洁平时喜欢做些什么？爱跟哪些人玩？这几天有什么特别爱去的地方？

王楚洁的同学听说是她老爸，当然热情得不得了，把王楚洁在学校里的一举一动都竹筒倒豆子般地倒出来。一个个就像她的监护人似的。

尽管这样，他把王楚洁所有同学家的电话都打完了，还是没找到她。

为什么？因为他打电话到谭爱华家时，接电话的正好是谭爱华。

谭爱华知道王楚洁的“阴谋”，当电话那头一个自称是王楚洁父亲的人问王楚洁在不在她家时，谭爱华犹豫着看了王楚洁一眼，王楚洁忙摆手摇头。谭爱华就说：“不在。”王泽荫再要问其他什么？谭爱华冲着电话叫道："你别问我，我什么也不知道，我不喜欢她！"说罢就挂了电话。

谭爱华的母亲好奇地问打电话的人是谁？

谭爱华随口说："我们班的一个男同学。"

谭爱华的母亲就说："对男同学也不能没有礼貌呀。"

谭爱华吐了吐舌头，王楚洁跟着她吐了吐舌头。两人溜进卧室，笑作一堆。

王泽荫第二次把电话打到谭爱华家时，已是晚上十二点多了。这次王楚洁没听到，谭爱华也没听到，因为这时她俩已像两只小猪呼呼睡着了。

接电话的是谭爱华的母亲，王泽荫直截了当地说："麻烦你叫王楚洁接电话！"

谭爱华的母亲迷迷糊糊地问："你谁呀？！"

王泽荫说："我是她老爸！"

谭爱华的母亲一听是王楚洁的老爸，忙坐起来说："你找她有事？"

王泽荫冷冷说道："我只想证实一下她是不是在你们家！十点钟的时候，我打电话到你家，大概是你女儿接的电话，她一口就否定了。"

谭爱华的母亲听到这里，忙哎呀呀地叫起来，说："这两个小家伙在搞什么鬼呀？吃晚饭的时候，我还问过你女儿，她说告诉过你们了呀。”

听了这话，王泽荫的火气才小了下来。因为谭爱华的父母并没有参与欺骗。如果他们也参与了，他恨不得以拐骗儿童罪把他们一家人都捉起来关几天。

如果王泽荫不是刑侦队的，这个晚上根本没办法把王楚洁找出来。刑侦队的毕竟比常人的心思要缜密些。当王泽荫问遍王楚洁全班的同学，继而问遍她所有的授课老师后，回头仔细想了一下，发现只有谭爱华接他电话的时候，口吻蹊跷，他脑子顿时灵光一闪，断定女儿百分之八十在谭爱华家。然后他以肯定的语气叫女儿接电话，一下子把剩下的百分之二十也证实了。

证实王楚洁在谭爱华家后，王泽荫打了个电话给岳父，然后自己身子一萎，像一株暴阳下的植物，缩在床上睡着了。人在焦急的状态下，就是不做任何事，也是很累的。

第二天一早，不等太阳照亮这座城市，王泽荫就驾车去了谭爱华家。父女俩在谭爱华家的家门口相见。不等王楚洁说什么，王泽荫就一个老大的耳刮子，把她打得倒出好几米远，让站在一旁的谭父谭母面面相觑，瞠目结舌。他们不约而同地在内心发誓，以后家里再不留宿别的小孩了。

谭爱华可不怕王泽荫，她看着王泽荫从地上抓起王楚洁，还想拍她的后脑勺，就扯开嗓子嚷道：“喂，喂？警察打人啦！”

她这么一嚷，正好迎合了社会上某些人的口味，街上匆匆行走的人们立即驻足围观，看得王泽荫有些不好意思，忙提起女儿塞进车子。开车送她去了学校。

放学时，王楚洁正在犹豫要不要开溜，一眼瞥见王泽荫已站在了学校大门口，心里忍不住一喜，虽然苏芳不在乎她，但王泽荫还是在乎她的。他这么早早堵在校门口，一定是怕她又来个夜不归宿。

王楚洁走出校门，这才发现王泽荫把架式搞大了。他居然派了三部警车接她。共计有刑侦大队的周大队长（那时张龙援还不是他们大队长）、刑侦支队的政委、支队办公室主任和政工室副主任等五人。

但王楚洁很快发现，三部警车不是冲她而来的，而是冲她外公外婆和她母亲而来的。刑侦支队打算以组织的名义接苏芳回家，让王泽荫继续他的婚姻生活。

没个家，怎么行呢？这阵子王泽荫做事简直同苏芳一样没精打采的，并且老找领导要求换工种，说最好能调离刑侦队。可革命工作不是请客吃饭啊！想干就干，不想干就不干，说不过去的。王泽荫干法医已有十多年了，积累了大量的工作经验，是这个城市这个领域的专家了，简直就是刑侦大队的一个宝贝，他这么一走，叫谁来顶替他呀？

领导决定以组织的名义劝劝苏芳和她的父母。一个好端端的家，可不能就这样毁了。特别是听了昨晚王楚洁演的这一出，领导更加觉得事不宜迟。所以今天下午他们纷纷放下手上千头万绪的工作，组成一个庞大的婚姻疏导团来到苏芳的娘家。此时，据苏芳离家出走已有一个月了。

当疏导团的成员一个接着一个走下车，与苏芳的父母握手时，两位老人颇为受骇，心想，怎么啦？公安局莫不是要来抢人不成？

公安局当然不是来抢人的，公安局是来做思想工作的。公安局做思想工作一向有一套，很多死不悔改的重犯要犯，在他们强大的“政策攻心”下，都纷纷“土崩瓦解”“缴械投降”了，上出卖大哥，下出卖小弟，以期戴罪立功。而今天来的这一帮人，又是公安局里最会做思想工作的。结果应该可以预见。

支队政委一进门，就语重心长地与老头子聊开了，这时老婆子则忙不迭地给众人端茶倒水。苏芳呢，不等大家进客厅，就跑到卧室去了。

“不要客气，不要客气，我们今天来，主要是来做和事佬的。”办公室主任拉着王泽荫的岳母说。

政工室副主任是一个女警，她轻轻推开苏芳的门，说：“苏芳妹子，我可以进来吗？”见苏芳没有吭声，她就轻轻地走了进去。

刑侦大队的大队长则这里站站，帮着说一句；那里站站，又帮着说一句，显然是来掠阵的。

剩下王泽荫倒是轻闲，他一个劲地吸着烟，间或鼻孔抽动一下。王楚洁很少看见这么热闹的场面，她兴奋莫名地在各间房子里转来转去。

这三队人马中，政委的气势胜过了老头子，几乎一直是政委说话，老头子只有点头的份。而老婆子的气势则胜过了办公室主任，老婆子说话像打机关枪，根本容不下办公室主任插话。办公室主任一方面要避开老婆子气势汹汹喷射而出的口水，另一方面还要装作不是很反感老婆子的说法。所以脸部的表情特别尴尬，也特别滑稽。

苏芳和政工室副主任则半天没有几句话，像两个凭意念论剑的高人，都一副云遮雾罩的模样，看不出谁占上风。

整个战局势均力敌。

“法医难当，可难当也得当哪！我的老哥，如果全中国的人都不去做这项职业，那中国以事实为依据的法律准则岂不会成一纸空文？冤者不能伸冤，罪犯却逍遥法外。这个社会，人人都讲奉献，可轮到自己了，却不愿奉献哪怕一点点！”政委说到动情处，站起来，挥动起他有力的大手。

“我能理解，我能理解，我会好好劝劝苏芳的。”老头子完全被政委说服了。

政委把老头子的思想工作做通后，又来做老婆子的思想工作。现在老婆子面前，有政委、大队长和办公室主任。昔有“三英战吕布”，现有“三警战老婆子”。

老头子明知老婆子战事吃紧，却并不帮她，反而走到王泽荫跟前，跟他说宽心话。说他也不希望王泽荫是法医，但既然已成事实，而且孩子都这么大了，说什么他都会劝苏芳回去好好过日子。

应该说来，老头子是有一点私心的。这一个月来，外孙女把两个老人已折腾得非常头疼了。他们发现管好一个女儿容易，但要隔代管好一个外孙女简直太难了。他们怕王楚洁万一有个什么闪失，那么他们就“一失足成千古恨”了。

事实上，老婆子的想法同老头子一样。如果苏芳同王泽荫离婚，那么外孙女很可能会跟着苏芳来他们家。而苏芳若像现在这样对女儿不闻不问，那么抚养和教育外孙女的重担，恐怕就全落到他们肩上了，这教得好则罢，若教得不好，可如何是好？老婆子不能不想这些问题。

其实老婆子最气不过的是王泽荫不该欺骗他们近十年。她的唾液一直在围绕这个问题吐。政委见缝插针，趁老婆子喝水之机，终于将话语权抢在了自己的手上。

政委开始跟老婆子讲警察娶妻之难，特别是法医娶妻之难。政委详细描述了王泽荫当时求偶时的无奈和困窘，政委一边讲，一边反问老婆子：“换了是你，或你的儿子，你会怎么做？难道打一辈子单身？”

总之，政委认为王泽荫的欺骗是善意的，是无可奈何的，是万不得已的。因为这份欺骗，王泽荫自己近十年也是寝食难安，并且常常自责不已。可如果以实情相告，又怕更深地伤害苏芳。政委又问：“换了是你，你会怎么做？会不会犹豫？会不会在自责中痛苦万分？会不会一方面想解脱自己，把真相说出来，另一方面又想把真相隐瞒下来，让自己的爱人活得更好一些？”

老婆子显然被这一连串的反问给问住了，换了她是王泽荫，她当然也不知如何做。这使得王泽荫这一计谋看起来不但合情，而且合理。因为王泽荫不管隐瞒还是不隐瞒，都是将痛苦留给自己，将幸福留给身边的爱人。

最后老婆子气恼道：“他们都是大人了，他们要如何便如何，我们老人可管不了那么多。”

政委听了这话，就知道老婆子的思想工作也被他们婚姻疏导团做通了。

围魏救赵。现在魏是围住了，能不能救赵，还得看主人公苏芳自己的态度。苏芳开始还能与政工室副主任说上两句，等政委、大队长、办公室主任什么的，都向她靠拢，并且鸡一嘴鸭一嘴的时候，她突然号啕大哭起来。那种惊天动地的哭泣与她前一阵子“口若悬河”的呕吐相比，简直可以穿越时空遥相呼应。

这种哭让七岁的王楚洁真是一点都不明白，又没有人打她，甚至都没有人骂她，她何至号啕大哭如此？王泽荫一个耳光打得她倒出好几米远，她都不哭，苏芳她一个大人怎么还不如她一个小孩？

老头子走进了，向来客摆摆手，又揖了揖。

大家就纷纷退回到客厅。老头子轻轻关上卧室的门，然后说：“大家请回吧，我已经答应了小王，保证将苏芳尽快劝回家。”

听了老头子这话，以政委为首的婚姻疏导团觉得目的总算达到了。于是向两位老人告辞。王泽荫临走时，问王楚洁是在外婆家，还是跟他回家？王楚洁还在犹豫，老婆子就说：“还是留在这里吧，你一个大男人，又要工作，照顾她不方便。”

王泽荫听了这话，一副感激涕零的样子。

政委打趣说：“岳母娘疼女婿，自古就是这样的啊！”

老婆子脸一红，啐道：“我疼他个鬼！我是怕小孩跟着他受罪。”

吃了晚饭，王楚洁的外公外婆对苏芳进行轮番的“政策攻心”。老头子讲的是大道理，他的大道理基本上是拾人牙慧，都是政委理论的翻版。“想想解放战争时期吧，多少革命英烈，抛头颅，洒热血，为了新中国的建立连命都不要了，我们这点小亏，吃不得也要吃呀。这事闹一闹就够了，闹久了就让人看笑话的呀。”但这番理论对苏芳一点用都没有。苏芳一句话就把父亲的嘴堵上了：“如果你想吃亏，那你嫁王泽荫去！”

老婆子则说：“芳妹子，大道理我不跟你说，但你已经闹了一个多月了，你还想闹多久？你一个三十岁的女人，再结婚，不说找个法医，恐怕找个擦皮鞋的也难。”

苏芳说：“找个擦皮鞋的也比找他强。”

“那好，你跟他离婚！离婚后你住哪里？住我们这里吗？我们当然欢迎。可洁妹子是给他还是给你？如果给你，你这个月的样子，可不像个做母亲的，我们年纪也大了，管不了这么多；如果给他，他一个单身男人，也难把洁妹子带好。你们若真要离婚，遭罪的就是洁妹子。”

老头子发现情理攻心比政治攻心要有效些，当即插话进来，说：“再说了，别人若听说你是因嫌弃老公的工作而离婚的，总感觉你比较自私吧？这时你要再嫁，恐怕也难。”

老婆子说：“这回报纸上宣传了小王，未必不是一个好事，也许他马上就可以提拔重任，不再干法医了呢？”

老头子马上接着说：“是呀是呀，据我的经验，报纸上这么大张旗鼓地报道一个人，一般是要提拔的先兆，小王也许很快就会换个工作。”

王楚洁站在旁边，抬头看着苏芳，正好与苏芳低垂的目光相遇，发现她一脸的欲哭未哭，就突然叫一声：“你们不要说啦，再说她又要哭了！”

王楚洁的话音刚落，苏芳真的嘤咛一声又哭起来，她说：“嫁出去的女，泼出去的水，我今天算是知道了！”说罢一把将王楚洁拉进她的怀抱。

王楚洁感到很诧异：你不是挺讨厌我的吗？这会儿怎么又对我好了？

苏芳不讨厌她了，她却有些讨厌苏芳，她讨厌苏芳的眼泪落到她的头发上，落到她的衣领上，湿濡濡的，怪难受。她推开苏芳，猫一样溜到一边，打开电视，看动画片去了。

第二天黄昏，王泽荫早早来到校门口，接了女儿一起到岳父家。再从岳父家把苏芳接回家。

苏芳本来真不愿意回家，但她昨晚与父亲彻底闹掰了，一向好脾气的父亲被她气坏了，最后居然一手叉腰、一手指着苏芳骂，说苏芳是从小娇生惯养坏了，说一个多高尚的职业她居然这么嫌弃？又说世界上的法医也不是他一个，别人就不娶老婆啦？！

这样不负责任的话，骂得苏芳好不伤心，好像别的女人能做法医的老婆，她苏芳也就能做王泽荫的老婆。苏芳认为父亲完全是站着说话不腰痛。他根本没有设身处地地为苏芳想想。如果他能想到王泽荫那双每天抚摸过尸体的手，到了晚上，就会抚摸自己女儿的脸颊、乳房、弱腰、大腿，还有那些更隐蔽的地方，他就没理由冲着苏芳发脾气了。

现在，老头子老婆子当然都后悔了。哎，其实对一个女人来说，从不适合或不幸的婚姻中解脱出来，并不是一件坏事。过去的生活就当它是个噩梦，未来虽然说不上阳光遍洒，但至少不会闹成这样的结局吧？

如果王泽荫和苏芳那时真离婚了，苏芳很有可能会把王楚洁带在身边。王泽荫的父母当然会积极促成这一结果，好让王泽荫另结新欢，生个带把的儿子给他们传宗接代。

那样，对苏芳一家三口来说，比现在都好多了。

第 12 章
“舌战”

张龙援让肖雄去蹲点守车，这让王楚洁感到心情舒畅。

为什么？干过刑侦的人都知道，蹲点是一项最苦的差事。一个人二十四小时盯住某个目标不怎么眨眼，那不是一件非常遭罪的事吗？如果一顿暴打能换一次二十四小时或者更长一点时间的蹲点，刑侦队百分之八十的人会不怎么犹豫就交换了。

或者有人要说：“笨呀！领导又没有二十四小时盯着你，你干吗要二十四小时不眨眼？”说这话的人看起来比较聪明，但那是小聪明。因为一旦罪犯抓住了，如果他交代在你蹲点的时间内曾在你的视力范围出现过，那时就不是一顿臭骂了，而是要以失职论处。如果守控的是一个重量级罪犯，他这么大摇大摆地从你眼皮底下溜走了，那你就不是失职，而是犯了失职罪。这时，你很可能得脱警服转行。再说了，既然守点了，哪个警察会甘心让一个犯人从自己的眼皮底下溜走啊？

王楚洁知道公安局的这些内幕，所以她很高兴看着张龙援派肖雄去蹲点。王泽荫是一个什么级别的嫌疑人，现在还不知道。但王楚洁料定肖雄不敢以蹲点的名义，在胜利广场附近找家宾馆，呼呼睡大觉。

他甚至都不敢选择宾馆作为蹲点的处所，为什么？因为胜利广场附近的宾馆与王泽荫车子的距离实在是太远了，如果王泽荫果真前来开车，他们根本没时间冲出来把他截下。

也许又有人要说："难道不可以事先把王泽荫的车子弄坏吗？"可王泽荫并不是笨蛋，一旦发现谁动了他的奶酪，哦，不对，谁动了他的车子，他会逃得比兔子还快（如果是他毒杀了苏芳）。这时肖雄站在宾馆房间的窗户边，只能望"王"兴叹。当然，也许他会立即从房间里跑出来，但当他穿过走廊、电梯、大厅，冲出来时，广场上还会有王泽荫的影子吗？

胜利广场附近除了宾馆外，再没有一个可以隐蔽自己、守望别人的位置了。肖雄唯一的办法就是和他的另一个蹲点同伴，猫在一辆民用牌照的车子里，并且一人一副墨镜，开始他们的蹲点生涯。

这辆民用牌照的车子，距离王泽荫的车子不到五米。是肖雄从一个社区民警手里借的，而社区民警又是从他管区一个做建材生意的老板手里借的。就算王泽荫有火眼金睛，也不会知道在这辆车上埋伏了他两个同事。何况这两个同事还煞有介事地戴着墨镜呢。

但整整一晚上，王泽荫都没有出现。

从警车旁边经过的有两只追逐的野猫，一个因失恋而哭泣的年轻人，三个流浪汉。其中一个流浪汉还莫名其妙用脚踢了一下王泽荫的警车，并且骂了一声娘，让火爆性格的肖雄只想冲下去，训他一顿。他凭什么见了警车就来气呀？！

第二天早晨八点，张龙援打肖雄的电话。那时肖雄正在车上睡觉，张龙援一听他的声音，就知他在睡觉，当即叫道："我要你是去蹲点！不是要你去睡觉！"

肖雄打着哈欠说："头，别比我的火气还大，行不？我守前半夜，杰鳖守下半夜。现在他的两眼仍睁得溜圆溜圆呢。"

张龙援问道："情况怎么样？"

"我敢发誓，在过去的十几个小时内，王哥一定没在胜利广场出现。"

张龙援叹了一声，说："我叫宋江去替你们，你们两个撤吧，回来有新任务。"

肖雄一听有新任务，马上来了精神，他知道新任务就算再差，也没有蹲点这活难受。“好好，我马上回，马上回。”

一旁的王楚洁听了他们的对话，忍不住无声地笑了。王楚洁的外公外婆希望她到他们家住一段时间，但王楚洁不愿意，表示要留在自己家中。现在她家可安静了，宽宽大大的房子，完全可以供她一个人胡作非为。可以自由自在地呼吸，甚至还可以歇斯底里地鬼喊鬼叫；可以看恐怖片，也可以看三级片；可以写作业，也可以不写。可张龙援不同意。他认为事情水落石出之前，王楚洁一个人住在家里，不太好。所以他仍让王楚洁留在刑侦大队的办公室。当然，他认为王楚洁留在他身边，对解开苏芳死亡之谜，多少会有些帮助。

张龙援问她笑什么，王楚洁说：“你叫肖雄回来，是想让他查查王泽荫的电话号码吧？可这也不是一个轻松活。”

张龙援惊讶地看着她，说：“你是我肚子里的蛔虫呀？”

王楚洁撇撇嘴，说：“难听。你早就应该查他的电话了，电影、小说、电视在这种场合，早应该查主人公的电话了。”

张龙援笑道：“这么说，我落后了？”

王楚洁说：“当然，至少落后一个晚上。”

张龙援摇摇头，说：“我觉得白天打人家的电话比晚上好。白天打人家电话不怎么会让人感到惊慌。”

王楚洁点点头，说：“这话有道理。不过，如果查到关键人物了，惊慌是难免的，你们也许就得从惊慌人物着手查下去。”

张龙援侧头看着她，张开嘴巴，却一个字也没说出来。他把想说的话硬生生地吞到肚子里去了。

王楚洁笑道：“不是又想建议我长大后当警察吧？”

张龙援叹道：“你个鬼精灵，如果学好，前途不可限量……”

王楚洁“哼”一声说：“不管我学不学好，这一辈子总不会比王泽荫还混得差吧？”

张龙援问：“你爸怎么就不好了？”

王楚洁反问：“你觉得一个剖尸男人好吗？”

张龙援说：“你只看到了这项工作的外表，根本不懂这项工作的内质，这是一项聪明人干的工作，一项极富挑战性的工作，蠢才庸才根本就干不了，你不要看不起你爸！从某个意义上说，你爸爸就是个天才！”

王楚洁冷笑一声，说：“你才不懂这项工作的内质呢，这也是一个神经病干的工作，一个疯子干的工作，一个变态者干的工作！”

张龙援的眼睛又闪亮起来。张龙援一遇到他敏感的话题，眼睛就会比平时亮八度。“洁妹子，你还有事瞒着我没讲出来？”

王楚洁把头扭到一边去了，叹一口气说：“没什么可讲的了……”是啊，有什么可讲的呢？有些事情，是讲不出来的。“人生来就是受苦的。”这样的哲言十三岁的王楚洁虽然还不知道，但她八岁时就已经深得其中三昧了。

正说着，肖雄带着那个叫杰鳖的民警闯了进来。

张龙援站起来，给他们每人倒了一杯白开水，说：“辛苦了，不过，还有更辛苦的事等着你们……”

肖雄咕咚咕咚把一杯水喝光，说：“头，我觉得该查查王哥那个电话号码本了。”

张龙援看了王楚洁一眼，说：“早就有人向我建议了，我要你们做的，就是这事。本子上，除了我们同事的电话外，其他所有的电话都给我打一遍，问清对方是谁，是干什么的，怎么与王泽荫认识的。你可以开诚布公，就说自己是公安局的，并且告诉他们，王泽荫家里出事了，我们在调查他的去向。不要遮遮掩掩，在这件事上直截了当的好。要特别注意那些停机的，关机的，或者说不认识王泽荫的。每个人都要问清最后一次见王泽荫是在什么时间，什么地点，当时王泽荫有没有反常言行。”

肖雄说：“我知道，我们的重点就得放在那些关了机和停了机的人身上，如果正好碰到一个自称不认识王泽荫的，那就太好了！”

张龙援说：“还没开始工作，就希望捡篓子。告诉你们，在跟别人打电话的时候，一定要全神贯注，要善于分析对方说话的语气，要从他们的表达方式中找出蛛丝马迹，要懂得‘喂’话，以话套话，引蛇出洞……”

张龙援说着说着被一个词卡住了，肖雄就势打断了他的话：

“头，你若是不放心我们，你自己去查啊。要不，你带我们去查，让我们也长长见识？”

张龙援说：“不耐烦了？别以为自己搞了四五年刑侦，就什么都懂了！我告诉你，你还嫩得很！电话盘问，是一门很大的学问。什么案子问什么话，什么人怎么问，什么情况又出什么招。从某个角度来说，它比审讯要难一百倍，懂吗？审讯是面对面斗智斗勇，对方既然被你带到队里来了，一开始他就处在劣势，你可以根据他的言行和表情，随意设置‘故障’让他钻；而电话盘问正好相反，一开始处在劣势的是你，因为对方在暗处，你在明处，你只能根据对方的声音来判断对方与你调查事情的关系……”

肖雄笑道：“所以我说要你带着我们一起去查嘛。”

刑侦队的警察似乎比椿树中学的老师要聪明一些，至少看起来不那么白痴。王楚洁心想：现在我算是明白“舌战”一词的含义了。真正的“舌战”，并不是声音大、气势足、看起来占了上风或者从道理上来说占了上风的人就是赢家。真正的“舌战”赢家应该是一个优秀的策划家，“舌战”的整个过程都在他的掌控之中。该败的时候要敢于败，该委屈的时候要敢于委屈，要让对方觉得点了赢面，你才能一直牵着他的鼻子走。

这么一想，王楚洁又觉得自己以后应该多看看先秦时期那些谋略家的言行。那个时代一定大有故事可挖。她知道有一个张仪的人，还有一个叫苏秦的人。他们的故事她听过一些。战国时期的战争，有一半在他们这些谋略家的“舌头”上进行，另一半才在大地上进行。看样子刑警破案也差不多，有一半功夫在“舌头”上，另一半功夫才在实地抓捕上。

这么说来，当个警察，具体地说，当个刑警，也不是完全没有味道？王楚洁咬着唇边，自个儿点点头。

第 13 章
晨风荡起白窗帘

王泽荫把苏芳欣欣然接回家，原以为不太标准的幸福生活又会回到这个家庭，他哪里知道，真正的冷战其实才刚刚开始呢。

苏芳回家做的第一件事，就是把搁置在床底下的钢丝床拖出来，擦洗干净，然后与王楚洁的床并在一起。很显然，苏芳是想与女儿睡在一起，尽管她俩的床一大一小，一长一短，明显不般配，但王楚洁还是兴奋得不得了。她乐呵呵地帮着苏芳一起铺床叠被。铺完后，她立马跳上床，在上面打几个滚，并把鼻子凑近干净的被单，嗅了嗅里面阳光和肥皂的清香。她似乎早已忘记前阵子苏芳对她的冷淡和无情。她热情地建议苏芳，说钢丝床太小，让她睡最合适。

苏芳当然答应。

母女俩做这些的时候，王泽荫一脸尴尬地站在她们身边。

与苏芳的感受恰恰相反，七岁的王楚洁并不知道恶心，只知道害怕。现在有苏芳睡在身边，她感到安全多了。她外婆以前常给她讲鬼故事。她想，如果这世上真有鬼，那王泽荫肯定会恶鬼缠身。他破坏了那么多鬼的肉身，鬼肯定不会放过他。可他王泽荫是一个气血刚强的汉子，也许打声呼噜，放个臭屁，就会把风一样的鬼吓得逃之夭夭。

她可惨了！鬼奈何不了王泽荫，一定会找隔壁的她算账。半夜里，成千上万的鬼会在她身上叠罗汉，压得她喘不过气来，压得她扁扁的同一幅画没区别。假如有一天早晨，苏芳他们跑过来叫她上学，发现他们的女儿已经变成了一幅不会呼吸的画，那她王楚洁可就真成了冤死鬼。现在可好了，有苏芳陪着她睡，两人互相照应，想必鬼就不敢太放肆。王楚洁曾听外婆说过，人睡觉的时候，灵魂是醒着的，就坐在床沿，守着自己的肉身。如果真是这样，那么她和苏芳的灵魂就可以联合起来共抗顽鬼。外婆说，鬼的力气比小人要大，比大人要小。现在有苏芳在她身边，她总算可以高枕无忧了。

晚上躺在床上，王楚洁一直这么乱七八糟地想。最后又想：我以后还是少得罪家里这位法医为好，他要求我做的事，我最好按质按量完成，要不然这个法医虽然不会把我当作尸体解剖了，但也一定不会让我有好果子吃！王楚洁已经领教过他的耳刮子。她觉得那耳刮子比插图本《水浒传》里李逵的板斧还要有力。

在幽暗的灯光下，王楚洁想得乱七八糟的时候，她的母亲苏芳也一样想得乱七八糟。哎，“嫁鸡随鸡，嫁狗随狗”，不管社会是否进入了新世纪，这都是女人的宿命。既然这样，她只有慢慢去适应了。娘家的态度这么明朗，她如果离家出走，便无处安身。现在苏芳只能这么想：只要我不与他同床共枕，也许就能适应他作为法医的角色吧?

王泽荫起初以为苏芳回来后的种种举动只是装装样子，给自己找个可下的台阶而已。她之所以要退一步，其实是为了以后更进一步与自己融洽关系。这期间，苏芳把自己的衣服从大衣柜里清理出来，放在女儿房间的壁柜里。王家的餐桌上开始有了公筷。还有，给王泽荫洗碗时，把他的碗筷单独放一个地方，第二餐再吃饭，这副碗筷还是给他。

王泽荫是在一周之后，才发觉问题的严重性。两人的距离显然比他预想的要遥远得多。

那天早晨，苏芳端着一大碗热腾腾的粥往餐厅走，王泽荫怕她烫着，就半路迎上来，准备接住她的碗。谁知他刚一接近她的手，苏芳就鬼似的惊叫一声，不等王泽荫端稳，她就把手抽走了。粥碗哗啦一声掉在地上，摔得粉碎。苏芳又鬼似的叫了第二声。

热粥泼在脚上，王泽荫没有痛的感觉。王泽荫阴阴地盯着苏芳，苏芳默不作声，双手捂着耳朵，低着头，不敢与他对视。

餐厅一时静得可怕。那时王楚洁就坐在饭桌前，晨风把白色的窗帘吹得满屋子飘荡，阳光虚晃晃地照进来，跟王楚洁一样茫然无措。最后王楚洁鼓足勇气，打破了僵局，她说：“吃早餐呀，要不我上学可要迟到了。”

苏芳这才蹲下身子，仓皇地收拾粥碗残片。

王泽荫甩袖愤然出门。也不用车送王楚洁上学了。

晚上，苏芳先回家，王泽荫后回家。先回家的苏芳把饭做好，后回家的王泽荫大大咧咧就上桌了。他先把苏芳放在他面前的一双公筷轻松捡起来，从左肩扔到他身后的地上。然后用自己的筷子，这个菜夹一下，那个菜夹一下，吃得呼噜呼噜地响。

苏芳见了，也不吭声，只是不再伸筷子夹菜了，硬生生地吃着一碗白饭。

王泽荫吃饱喝足之后，冷笑一声，站起来看电视去了。

王楚洁可管不了那么多，王泽荫夹过的菜，她一样要夹。吃完之后，王楚洁侧头瞅着苏芳，发现她把剩菜全倒掉了。

苏芳洗了碗，开始辅导王楚洁的书法，完后又要她练半个小时的琴，把个王楚洁烦得要死。她想她的好日子看来真的已结束，苏芳已正式接管她了。啰里啰唆地磨了半夜，总算到了睡觉时候，王楚洁洗了脚刚进自己的房间，猛听到客厅有异样的响动，她回头一看，发现王泽荫正搂着苏芳往他卧室里拖。苏芳“噢”地叫一声，就被王泽荫捂住了嘴巴，所以苏芳其实只叫了半声。

柔弱的苏芳很快就被人高马大的王泽荫拉进卧室，然后门砰的一声关上了。

王楚洁好奇地走出自己房间，蹑手蹑脚地来到他们卧室的门口，把耳朵凑上前，贴在门板上。里面响声很大，苏芳一直在沉闷地吼叫，她的嘴巴显然仍被王泽荫捂着。后来里面又像有什么东西撞倒了……又像有什么东西摔碎了……

王楚洁正要揣测里面事情的进程，苏芳却突然拉开门，闯了出来，与她撞了个满怀。王楚洁被撞得一跤跌出好远。王楚洁坐在地上，看见苏芳披头散发，一手提着裤子，一手捂着嘴巴冲进厕所。然后在厕所大吐特吐起来。吐不出了，还听到她在里面干呕的声音。王楚洁听着很难受。回过头，她看见王泽荫一脸铁青站在卧室门口，牙齿一咬一咬的。他的全身都是苏芳的呕吐物，看样子苏芳如果没有这么一“招”，还无法从他的“魔爪”下脱身呢。

王楚洁害怕极了，爬起来溜进自己卧室，轻轻把门掩上。

十几分钟后，苏芳跌跌撞撞朝床上一扑，开始恸哭，一副伤心欲绝的样子。王楚洁闪亮的眼睛一直盯着她看，发现她的衣服撕破了，裤子也撕破了，露出白白的肌肤。当时王楚洁并不知王泽荫对她做了什么，她以为王泽荫动手揍了苏芳，她很想跑过去揍王泽荫一顿，可她还不到八岁，不是揍人的年龄，只是挨揍的年龄。

苏芳哭了很久，等她慢慢把哭声变成抽噎，女儿王楚洁早已什么想法都没有了，她迷迷糊糊合上了眼，进入了梦乡。

王泽荫以为苏芳又会回娘家，可她居然没有。也许苏芳已经意识到了，回娘家不是最终的解决办法。她在家里仍然做饭、搞卫生、辅导女儿的作业，仿佛昨晚她并没有哭过。如果不是她的眼睛稍稍有些红肿，王泽荫都要怀疑昨晚是不是只是一个梦而已，他根本就没有想强奸苏芳的企图。

黄昏，苏芳把饭做好。这回她不摆公筷了。

她也不上桌吃饭。她端着碗，在厨房就把自己喂饱了。

这时王泽荫才发现，在炒菜的时候，她就给自己预先留了下饭的菜。王泽荫莫可奈何，他找不到半点挑衅的理由。吃完饭，他就进了卧室，把门砰的一声关上。

王楚洁在客厅的台灯下写作业，苏芳把客厅的吊灯熄了，静静地坐在客厅里的暗影中陪伴着她。王楚洁写一会儿又回头看她一眼。苏芳的坐姿一直没有变。她像在想什么，又像什么也没想。从台灯漏出的余光只能照在她脸上，这使得她的脸像虚黑的水面上一瓣漂浮的桃花。

这种文静当然只是表象，一旦发现女儿的作业有错，苏芳会陡然变得凶巴巴的，张牙舞爪得像一头母狮。王楚洁暗暗叫苦不迭：天啊，我显然成她的出气筒了。这日子还怎么过啊？在这之前，我可一直是同情她的啊！她怎么能这样对我？太莫名其妙了！王楚洁想，如果苏芳还用这种态度对她，她倒希望王泽荫把苏芳的“嚣张”气焰彻底打下去！

半夜王泽荫出去了，天明都没回来。吃早餐的时候，王楚洁见王泽荫没有到厨房来，就问苏芳是否要叫他起床吃早餐。苏芳平静地说：“你父亲半夜出去了，到现在都还没回。”王楚洁看了苏芳一眼，埋头继续吃早餐。心想：我怎么一点响动都没听到？

晚饭时，王楚洁问王泽荫昨晚哪去了。其实父亲去哪里了并不关她的事，她只是替苏芳在问这话。她问得漫不经心。

正因为她随口这么一问，王泽荫也就随口这么一答：“我去实验室了，昨下午我忘了收拾……”可答了半句，他突然瞪了女儿一眼，说：“吃你的饭！你管我去哪里了？！”

第 14 章
城市上空的飞鸟

十多天来，苏芳和王泽荫几乎没说过两句话。家里有种极度窒息的感觉。为了打破这种一口气要闷死人的感觉，王楚洁有事没事就跟苏芳和王泽荫说些话，但他们对她都极不耐烦。

苏芳对她不耐烦的方式不是有问无答，就是答非所问。

而王泽荫呢，王楚洁问他什么，他就朝她吼。比如说，王楚洁问他一则加减乘除混合运算题，他看都不看一眼，就说："听课没有啊？！蠢得像个猪！"

王楚洁撇撇嘴说："你才蠢得像个猪，我只是想考考你做不做得出。"

苏芳对王楚洁的“培养”也越来越放松了，有时甚至要王楚洁主动提出来，“是我练书法的时间了呢。”可苏芳仿佛没听见。就在王楚洁以为她真没听见时，她才迟迟地答一句：“你自己练吧。”听了她的这话，王楚洁就知道她练不练都没关系，反正苏芳已经不在乎了。既然她不在乎，那自己就更不在乎了。

原以为苏芳是真的不在乎，可偶尔一回她却在乎得不得了。让王楚洁丈二和尚摸不着头脑。比如说，有天晚上，为了纠正王楚洁练钢琴时的一个指法，她甚至不惜大打出手。差一点把王楚洁的屁股都打肿了，完全是一副丧心病狂的模样。一会儿是放纵自流，一会儿又恨不得把她速成李云迪第二。搞得王楚洁根本无法适应。

日子就这样毫无头绪地过着，王楚洁八岁的生日到了，苏芳和王泽荫居然没有一个记得。王楚洁不得不自己告诉他们，她要过生日了，可两人没有一个回应她。王楚洁一气之下，放学时就叫了十几个同学到她家，自己给自己举行生日宴会。

王楚洁用平时积蓄的零花钱，买了一个很大的蛋糕，与蛋糕搭配在一起的，还有好多蜡烛。同学们点亮蜡烛，为她唱生日快乐歌。这个家庭出现了近两个月来从未有过的欢乐。

对待这种欢乐，王泽荫选择的是将自己关在书房里看他那些莫名其妙的书。苏芳虽然坐在客厅里，但她一点都不快乐，整个儿一个局外人。直到女儿的同学切了一块蛋糕送到她的手上，她才在唇角挤出一朵笑容来。但不及同学转过身去，她的笑容就枯萎了，凋谢了。

同学咬着王楚洁的耳朵问：“你爸妈吵架了？”

王楚洁惊讶地望着她，说：“没有的事，他们就这样，不喜欢跟小孩打交道。”

吃完蛋糕，大家又唱又跳，闹了好久，王楚洁才把同学们送出去。就在她关上大门的时候，王泽荫愤然从书房里冲出来，对她吼道：“要玩你出去玩！别把家里搞得乌烟瘴气！”

王楚洁用求援的眼神望着苏芳，可苏芳仿佛没听到王泽荫的吼叫，她一脸的恍惚。

王楚洁鼻子里轻轻“哼”了一声，心想：这个家的乌烟瘴气，不是被我搞的，而是被你们搞的，你要我出去，我正求之不得呢。这段时间电视里古装戏特多，有好几个才子被皇帝贬了一番后，便自称是奉旨填词或是奉旨写诗；最好玩的是周星驰扮的苏乞儿，影片最后他居然自称是奉旨乞讨，真是笑死人了。现在的我呢，算是“奉旨离家”吧。

生日后的第二天晚上，王楚洁就去了外婆家。外婆问她告诉家里人没有。王楚洁说没有，说他们早已顾不上她的死活了。外婆瞪了她一眼，就打了一个电话给苏芳，说洁妹子在她家，苏芳只是“嗯”了一声，并没有多问什么。

外婆这时才感觉外孙女的话并非全是胡说八道。苏芳的确不是很在意女儿在不在家。一旁的外公便问王楚洁她爸妈现在怎么样了。王楚洁说："还能怎么样？两个神经病！"

听了王楚洁的话，外婆又要嗔骂她。王楚洁就说："你先别骂我，你听我说。"然后她开始一一列举这些天来目睹在她家发生的怪现象。听得两个老人一愣一愣的。最后王楚洁说道："没骗你们吧？他们不是神经病是什么？！"

外公叹了一口气。

外婆则拿衣袖抹眼泪："这个芳妹子，受了气，可以再回来住一段时间啊……"

外公听了外婆的话，又叹了口气，说："上次我们讲芳妹子的话也许太重了，她生我们的气了。"

外婆说："可我们都是为她好啊！"

外公摇摇头，叹道："谁说不是呢？不回来也好，忍一忍也许就过去了。"

王楚洁学着外公的样子，摇着头说："难说得很呢。"

外婆的眼泪还没擦干，嘴上却扑哧一声笑了出来，说："你个鬼样！行了，以后家里不好玩，就到外婆家来。"

嘿嘿，这样一来，现在王楚洁就有两道旨可奉了。一道是王泽荫的"奉旨离家"；一道是外婆的"奉旨回家"，这个家当然不是指自己家，而是指外婆家。

等再见到王泽荫的时候，王楚洁马上向他宣布："外婆说，如果家里不好玩，就要我去她家。”

王泽荫说：“你上天去玩都行！”

回头王楚洁又对苏芳说：“外婆要我以后多去她家玩。”

苏芳说：“随你。”

无天管、无地收的幸福日子，就这样降临了。在随后的时间里，王楚洁要么给外婆家打电话，说她在自己家；要么给苏芳家打电话，说自己在外婆家。而其实呢，她是在外婆家和自己家之间的某个地方玩耍。

那段日子，王楚洁和那些同她一样不想回家的同学就像城市上空的飞鸟，在街道上流来流去。这里看看，那里瞧瞧，一副无所事事的样子。他们稚嫩的脸上有一些毫不在乎和茫然的表情。这种表情常常引起行色匆忙的大人们驻足观望。大人们好奇地打量着他们，就像他们好奇地打量大人们一样。同他们的无所事事相比，王楚洁实在不知大人们在忙些什么，为何总是步伐匆匆。

有时他们就站在某路汽车停靠站，看公共汽车呼啸而来，放下来一批旧人，收上去一批新人，再呼啸而去。

有时他们则在最繁华的十字路口，看霓虹灯在高楼的边沿闪烁，游走，四射，飘散。

有时他们则站在某个地下通道的出口，看那些乞丐的某种技术性“表演”，看得乞丐们特不好意思，不得不溜到下一个通道口去乞讨。而他们就学乞丐们的表演，原地进行乞讨。吓，居然真的能讨到钱呢。等施舍者稍微走远，他们就放肆尖叫，高兴的样子与讨来的钱的数目一点也不成比例。讨了一元钱，像讨了一百元；讨了十元钱，像讨了一千元。把走远了的施惠者都弄得一愣一愣的，忍不住连连回头，疑心自己是不是给错了钞票，把一张五十元的钞票当二元给了他们?

当然，在这样无聊的夜晚，他们最喜欢的还是在电游室里待着，电游室里昏暗的灯光，能营造出一种“月光光，心慌慌”的气氛，而这种心慌慌的气氛最适合玩杀人游戏。也不知为什么，王楚洁在这方面的智力的确有些超群。以前苏芳带她去上电脑培训课，现在没精力带了，王楚洁便把自己对电脑的知识全用在了电游上。

与王楚洁一起不回家的同学大多数都比她大，但他们没有一个是她对手，到最后，常常被她杀得片甲不留。除了玩杀人游戏，王楚洁还喜欢玩闯关游戏，她一会儿是美国的孤胆英雄，身体里流淌着自由主义的血液。一会儿又是星空机器人，全身的每一个零件都充满了理想主义的光芒。一会儿又是日本的美少女，在爱神光辉的沐浴下，战胜一切邪恶的东西。要不就是在魔兽世界里，建立自己永不沦陷的城池。或者是在冥界和阳界，出天入地，惩凶除恶。

因为王楚洁的勇气和豪情，以及战无不胜的佳绩，同伴们送给了她一个绰号，叫洁杀手，与“绝杀手”谐音，并把她的名字揉和进去了。这让王楚洁非常喜欢。洁还有干净利落的意思，意思是她杀人不留痕迹。那时王楚洁就想：等我长大了，能在现实生活中杀一两个人，那该多有劲！我保证不留一点痕迹，让王泽荫他们那些蠢警察束手无策。

等杀人游戏玩累了，王楚洁就在电脑上玩赛车。她发现玩赛车可以放松自己的头脑。晕晕乎乎的头脑最适合驾车了。一切都跟着感觉走，可以把车开得风驰电掣。那些个弯道急转，凭的基本上是意念和感觉，而不是逻辑和经验。这样的车开得快是快，最后却常常会车毁人亡。而毁灭的那一刹那，又往往能给身心带来一种窒息的快感。

等把乞讨来的钱玩掉后，他们又去街上溜来溜去，直到深夜才回家。那时两个老人家早睡了，迷迷糊糊爬起来，给她开门，骂一句："死丫头，混到这时才回来？！"就没精神骂第二句了。

第二天早晨，王楚洁从床上蹦下来，五分钟就能解决吃饭问题，然后提着书包火急火燎地往学校跑，她外公有心想送送她，却根本就追不上。这时两个老人就算再想延续昨晚的骂题，也没什么时间。

那段日子，有一句常挂在两个老人嘴边的话是这样的："你再这么顽皮，就不要待在我们这里了，回去让你父母去管！"但王楚洁知道，他们只是说说而已。因为就算她回去，正在冷战中的父母也不会管她。这一点她外公外婆都清楚得很。

有一个秘密，苏芳知道，王楚洁也知道。现在苏芳死了，那晚的事就成了王楚洁一个人的秘密。

那个晚上距苏芳知道王泽荫是法医已过了半年还是一年，王楚洁一点印象都没有了。但那晚的情形，却雕刻一般印在了她的脑海里。

具体情况是这样的：那晚王楚洁从电游室走出来，揉揉生涩的眼睛，发现前面那个熟悉的背影正是她父亲王泽荫。她站在街道的一边，眼睁睁看着王泽荫进了对面一家按摩室。按摩室是“黄色”的代名词，电视里早就说过了。“黄色”就是不健康的男女在乱搞，好多杂志都是这么宣称的。王楚洁的心猛地跳了起来，跳得很异样。突然她撒开脚丫子，在街上猛跑，随后的同伴不知发生了什么事，跟着她猛跑。王楚洁回头冲着他们叫道：“我先回家啦！”

听了这话，同伴才停下来，而王楚洁还在继续狂奔。深夜的街道，在她咚咚咚的脚步下摇晃着急速后退。一会儿，她身后的同伴就成了暗淡路灯下的几个黑点。王楚洁站住了，在街道的拐角扶着一根电线杆，大口大口地喘着气。

等气息稍稍平缓下来，心不那么异样地跳了。王楚洁又一股风向家里跑去。推开家门，对苏芳说的第一句话就是：“我看见王泽荫进按摩室了。”

那时苏芳正在织一件毛衣，她不但手没停下来，连眼皮都没抬一下，只是嘴唇周围的肌肉轻轻地一收缩，让嘴唇稍稍往前一噘。那是一副蛮不在乎的表情。

王楚洁有些失望，她叫道：“你就不怕王泽荫在外面找别的女人打炮啊？”

苏芳的手一颤，毛衣掉落在地。大惊失色地冲着女儿猛吼起来：“天杀的，在外面都学了些什么啊？！”说着扑向前，作势要掀王楚洁的耳光。

王楚洁瞟了她一眼，闪进自己的卧室，把门反拴上。然后站在门背叫道：“我这是好心没好报！”

苏芳在客厅里吼道：“以后再在街上游荡，看我不打断你的狗腿？！”

王楚洁不想与她吵，心想：我看你哪有精力断我的狗腿了，要断，你得先把王泽荫的狗腿打断再说。向前移两步，她一头倒在床上。

第 15 章
父亲的情人

肖雄其实是一个运气不错的人。这种不错，表现在他追查王泽荫电话号码的过程中。在王泽荫保存的所有电话号码中，还真有一个电话，让他兴趣陡增。

张龙援的叮嘱，肖雄当然是听进去了，但这项活儿干久了，就会显得异常枯燥。与一个电话斗智斗勇，真有点捕风捉影的味道。如果过于精明，就会像西毒欧阳锋与月光下自己的影子对打一样，只能证明自己神经过敏。

电话一个接着一个打过去，最初的机警没有了，肖雄和他的同事感觉完全迟钝了。询问到了最后，与“斗智斗勇”这个词已毫不相干，两人完全是为打电话而打电话，只想把全部电话打完，以证明这条渠道根本不存在线索。

就在肖雄他们准备偃旗息鼓时，线索却自动出现了。

“喂，您好，不好意思，我们是公安局的，我们的同事王泽荫失踪了，我们想知道您与他是什么关系，知不知道他现在在什么地方？”看看，这话问得多么敷衍了事啊。可就是这句敷衍的话，把对方给问住了，对方只微微咳了一声，就把电话挂断了。

再打过去，里面有一个好听的女声提示：“您拨打的电话已关机。”

肖雄的精神为之一震。四平八稳的电话听得太多了，听得耳朵都麻木了。现在出现这么个暧昧不清的电话，真不啻于一场及时雨。

肖雄马上向张龙援汇报了。张龙援听了汇报，也是一副大喜过望的神情，那双招子又贼亮贼亮地闪烁。他笑吟吟地望着王楚洁，问：“洁妹子，你说说看，接下来我们该如何做？”

王楚洁耷拉着脑袋说：“我能说什么，你自己早就有主意了。”说实话，她可真不愿意张龙援找到她父亲。她害怕父亲就是毒死母亲的凶手。肖雄说，从电话里的咳嗽声可以判断出对方是一个女人。也许这个女人就是王泽荫的情人。而王泽荫也许现在就在她的床上躺着。如果真是这样，他们这种直截了当的询问方式，算是帮了王泽荫大忙。王泽荫若是不想出来，只要把这个女人的手机丢到阴沟里去，张龙援他们的线索就又断了。其实都不要丢掉手机，只要把手机里的卡丢掉就行了。

不过，按道理，王泽荫应该不在这个女人身边，要不然，他不会让这个女人不说一句话就挂了电话，这种反常举动，几乎可以与“此地无银三百两”画等号。王泽荫搞了这么多年的刑侦，这点反侦察的能力还是有的。

“我只想看看我们能不能不谋而合啊。”张龙援笑道。

王楚洁轻蔑地说道：“如果我是那个女人，你再有谋也找不到我。现在，你只能静观其变，这个电话你们是再不能打了，以免打草惊蛇，现在你要祝愿的：一是这个女人不会长期关机或者停机，二是祝愿尽快有人与这个女人电话联系，并且联系的时间有相当长，这样你们才能查到她的具体位置，抓她个措手不及。”

“好。好。好。”一旁的肖雄带头鼓起掌来，“想不到你小小年纪，竟有这般见识，不愧是我们警察的后代。”

王楚洁没好气地说：“想不到你大大年纪，还蠢得要死，一定不是警察的后代！”

张龙援和他的同事们都大笑起来。肖雄满脸通红，说：“为什么从一见面开始，你就没给我副好声相？”

王楚洁瞄了他一眼，说：“你给我了吗？”

“至少刚才我是夸你吧？”

“夸个屁，警察一个个笨得像猪！都是一些中学生、中专生、很差劲的大专生或者神不隆咚的转业兵在当警察，你以为我不知道？

一群乌合之众，还谈什么不愧是警察的后代。你这话说得居然一点都不脸红，好像警察全他妈是博士毕业呢！”

“好！”轮到张龙援鼓掌了，“我们欢迎洁妹子读完博士，再来加入我们警察，这样我们警察的档次就提高了！”

王楚洁冷笑一声，说：“你用不着出言讥讽，不管我读不读博士，都不会比你们警察差！”

“我哪讥讽了？我真的希望你既能读博士，又能加入我们警察队伍呀！”张龙援摆出一副蒙冤的嘴脸。

王楚洁说：“好啦！不说这种无聊的话了。你们不是有个技侦大队吗？这时你还不向他们联系？”

大家又笑了起来，说：“张队，我看你还是退下去，让洁妹子来当队长算了。”

王楚洁回敬一句说：“你怕我当不下啊！什么狗屎队长。”

大家又笑。笑毕，张龙援真的与技侦大队的警察联系去了。吩咐他们二十四小时监控这个电话号码。一旦有消息，马上与他们联系。

不等他们二十四小时监控，只隔了两个小时，这个电话便又在使用之中。这让张龙援的眉头舒了又皱，皱了又舒。

王楚洁冷冷地看着他笑。

“你什么意思？为什么左右看我们不顺眼？”

“全社会的人都看你们不顺眼，再加我一个有什么关系？可这会儿，我可没看你不顺眼啊。”

“那你冷笑个什么劲？”

“我笑你又喜又忧。”

张龙援“哦”了一声，很感兴趣地问道：“我怎么又喜又忧了？”

王楚洁说：“电话使用了，你当然高兴。可电话不到两个小时就使用了，你又不高兴了。那只能说明王泽荫并没有和这个女人在一起，要不然，王泽荫不会让她开机。甚至可以证明这个女人与王泽荫并没有很深的什么关系，或者说没有多大的牵连，要不然，她至少得关一天两天机吧？”

张龙援深深地叹了一口气，说：“我现在才理解为什么很多人叫你魔女，其实不但指你的那些所作所为，还指你的聪明机智。”

王楚洁鼻孔一哼，说：“承蒙夸赞。”心里却有小小的得意，她显然说中了张龙援的心思。

三个小时后，电话里的女人就被技侦大队如愿锁定。玫瑰园桑拿按摩中心的一个小姐。

其实不用技侦大队锁定她的具体位置，从她在手机里与别人聊天的内容就可以得知她小姐的身份和她的服务单位。

小姐与小姐在电话里聊天，那个浪呀，那个淫荡呀，真叫人起鸡皮疙瘩。肖雄他们在侦技大队的窃听器里听了她们聊天，起了一身鸡皮疙瘩回来。回来后，又把她们聊天的内容绘声绘色地讲出来，让刑侦大队的所有同志都起了一身鸡皮疙瘩。男人在她们眼中，简直就是活塞运动下的点钞机。

王楚洁走过去，想听听他们的高谈阔论，一个个就哑了似的，散开了。

专案组很快就把这个女人从玫瑰园桑拿按摩中心拎到了刑侦大队。

女人大约二十五岁的样子。一脸的平庸，眼神空洞无物，不像读过几本书的人。从看到她的第一眼，张龙援就在心里想：王泽荫的品位不会这么差吧？这个女人怎么看，都没有苏芳五分之一的气质和美丽。这样的女人，王泽荫也要？

这样的女人到了刑侦大队，当然是怕得一塌糊涂，“政策攻心”没几个回合，就知无不言、言无不尽了。

事实上，她不想说都不行。因为她的疑点不仅仅是不接公安局的电话。等把她找出来，专案组才发现这个女人与王泽荫的事迹早就被公安局记录在案了。大约是四年前吧，那时她也许只有二十岁，也许不到二十岁，就与王泽荫有染了。

那回王楚洁发现王泽荫进按摩室，把情况报告给苏芳，苏芳不去找王泽荫的麻烦，却反过来骂王楚洁。这事过了几个月后，有一回王泽荫嫖娼被治安警逮个正着。当时王泽荫若是腆着脸说几句好话，撒几根好烟，这事就算不得一件大事。可王泽荫那些日子对谁都没个好声相，他冲着捉他的治安警吼道：“你们这些酒囊饭袋，除了抓嫖就再没有其他什么事可干了吗？”

吓，嫖娼还嫖得理直气壮？治安警一听，觉得非常没面子，也不管王泽荫是干什么的，当即把他和小姐关了起来。将小姐的供词弄到手后，再通知王泽荫单位来领人。

单位来的人是王泽荫的助手小刘，他把王泽荫领出来，然后敛头敛脑跟着王泽荫回到单位。看着王泽荫进了大队长的办公室，他在门外吐了下舌头，才敢正常呼吸。仿佛嫖娼的不是王泽荫，而是他。

站在门口，小刘听到刑侦大队长在里面咆哮："……你这个猪脑袋，你嫖娼还嫖出理来了？你若给人家说几句好话，人家不看僧面看佛面，会把你关起来吗？现在好了，全局的人都知道了，咱们刑侦大队有人在外面嫖娼！你看看，这是什么？！替你申报副科长的材料！这下全被你弄黄了！现在等着挨处分吧！说不定还得脱制服走人！"

大队长每吼一句，门外小刘脸上的肌肉就牵动一下。倒是王泽荫，卵事都没有，抠完鼻屎，又全心全意地挖着耳屎。站着挖耳屎不方便，怕火柴棒戳到耳膜，他就自己找了把椅子坐下来。因为王泽荫太高，大队长本来还得仰着头吼。现在好了，王泽荫一坐下来，他就可以俯首吼训，配合手指的点点戳戳，顿时老大风范十足。他骂道："这事好在苏芳不知道，苏芳知道了，她还不会闹翻天去！？……啧啧，那么好的一个女人，嫁给你多不容易，你居然还在外面胡来，真搞不懂你！"

按说这个小姐招供了王泽荫的嫖娼事实，王泽荫会记恨她的，事后根本不会再与她联系了。如果要联系，也是把她揍一顿了事。谁叫她把她与他的皮肉经过交代得那么详细呢？但王泽荫并没有这样做。王泽荫选择与她建立一种长期关系。甚至在她房租紧张的时候，还主动给她交了几回房租。

“他为什么要这么帮你？”肖雄喝问。

“他说我知道他的身份后，没有嫌弃他……”小姐抹着泪说。

老天！肖雄在心里暗叫一声，一个解剖尸体的法医，因为一个小姐不嫌弃他，就得感激涕零吗？“你少跟我胡扯！”肖雄一拍桌子。

“他真是这样说的，真的……”小姐的泪水不断。

张龙援说：“那些陈年芝麻事，我们今天并不想追究。今天我们只想问你，王泽荫在哪里？”

小姐听了张龙援的话，情绪有些缓和。这也许表示，这次抓进来不用罚款五千元。“我不知道王警官在哪儿，我真的不知道。”说这话的时候，她抬头看着张龙援，以示自己的真诚。

张龙援并不为她的真诚所动，说：“实话跟你说吧，王泽荫卷进了一桩谋杀案中，你要包庇他，不会有好果子吃！”

小姐又要抹泪水了，急道：“我真的不知道啊！真的，干部，你要相信我！”

肖雄问："你最后一次见王泽荫是在什么时候？"

小姐低着头，想了好久，才说："应该有两个多月了，我记得那时天气还冷，还要穿毛衣。"

张龙援问："中午我们打你电话，你为什么一句话不说，就关机了。"

小姐委屈地说："我一听你们是公安局的，害怕呀。"

肖雄冷笑道："你怕个屁！王泽荫不是公安局的？"

小姐小声说："我一直当他是大哥，没把他当警察。"

张龙援与肖雄对望了一眼，两人从各自的眼神中都读到了失望。这个小姐显然没说假话。正因为没说假话，所以他们感到失望。鱼虽抓了一条，但不是一条大鱼，而是一条可有可无的鱼。

肖雄不甘心地问："你怎么就没把他当警察了？"

小姐嗫嚅道："他……他不像别的警察那么凶。其实在你们上次发现我们之前，我还一直以为他是医生呢。"

张龙援有些纳闷，问："你怎么以为他是医生？"

小姐的谈话兴致突然陡升，说："当然啦！他其实比医生都要厉害得多！"

为了证实自己的话有多么正确，小姐当即豆筒倒豆子般地说起了一桩往事。那事发生在他俩的关系被治安警发现的前半个月。小姐有个叫小兰的女友，有天深夜，小兰与一个醉酒的客人发生争吵，客人借醉给了一张假钞给小兰，被小兰发觉，要他重新给钱。客人倒打一耙，说是小兰欺他喝醉了，把他给的真钞换成了假钞。一个要走，一个拉着不放。最后暴怒的客人掏出一把水果刀，寒光一闪，就把小兰右手的无名指和小指给削掉了，血流顿时如注。娱乐城的保安经理在众小姐的帮助下，架起小兰就往市附一医院送，一帮保安则逮住惹事的客人打的紧随其后。

当时王泽荫与她就在隔壁包厢。就在医院要给小兰缝合伤口、紧急包扎时，随后赶到的王泽荫突然掏出两根断指，要医生替小兰接上。原来在大家手忙脚乱架着小兰走后，王泽荫把案发现场茶几上的两截血淋淋的断指也捡过来了。

主治医生看了看伤口，又看了看断指，表示无能为力。要想包扎伤口就尽快，要想接上断指，就另觅高明。断指重接，这怎么可能呢？大家一脸焦急和茫然，觉得王泽荫是有意刁难医生。王泽荫望着又痛又急、惊恐万分的小兰说：“你想不想保住这两根手指？假如信得过我，这个手术我帮你做！”

小兰当然不想就这样变成一个八指奇妓，把头鸡啄米似地点个不停，泪眼汪汪地说：“我信我信我信！王大哥，你一定要救我啊，没了指头我可怎么办哪！”

王泽荫二话不说，当即要医生脱下白大褂，由他来操刀。可医生却不干了，“你是干什么的？你是医生吗？你有行医资格证吗？出了事故谁负责？”

“我不是医生，但出了事故我负责，行吗？”王泽荫说。

医生冷笑道："你不是医生逞什么能啊？我看到时伤口感染了，连剩下的半截手指也保不住，搞得不好，弄个破伤风什么的，还有生命危险。你想做手术行啊，可别在我们医院做，我们可担不起这个责任！"

王泽荫气得架起小兰掉头就走。小兰听了医生的话，也有些犹豫了，着急问道："王大哥，究竟行不行哪？！我……我……我这心里乱得……"

王泽荫望着她说："你别听他胡扯！最多是接不上。哪有什么生命危险？！"边说边拿起两根手指小心按在断指处。一行人匆匆驾车护着小兰去了一家中外合资医院。

王泽荫看起来与那家中外合资医院很熟，在小兰送进来不到十分钟，手术就开始了。手术正是由王泽荫主刀，而医院正规的医护人员却只做他的配手。手术总耗时半个小时，然后小兰的两根手指就被里三层外三层地包扎起来了。

半个月后，当王泽荫和她被治安警抓住后，她才知道王泽荫原来是个警察。

"那……那个什么小兰的手指后来究竟怎么样了？"肖雄急切地问道。

"当然好啦！你们公安那回把我放出来后，我去看望小兰，小兰的手指就可以动啦，后来又过了两个月，她的手指就完好如初了。现如今，她的两根手指只有两道环形的小疤痕，根本看不出它曾经断过。”

“这么神奇？”张龙援半信半疑，“要说断了手指，再接上去，这对于一个外科医生来说，也不是特别难吧？但断了的手指即使接上去，也只会中看不中用，哪会完好如初呢？”

小姐急道：“真的真的，我没骗你们！你们可以去问小兰，玫瑰娱乐城的人也都知道这事。”她像是在给王泽荫争功。

刑侦大队副大队长感叹一句：“这个老王，他究竟是医生还是警察啊？他妈的我跟他同事八年了，怎么一点也没看出来他还有这一手啊？”

肖雄突然说道：“别忘了，苏芳就是一个护士，他也许以前在苏芳那个医院学过……”站在一旁的王楚洁冷笑一声，肖雄马上就住嘴了，因为这种可能性不大。他这话一出口，在王楚洁眼里又显出一丝蠢气。

“从本质上讲，法医和医院里的外科医生差不多，别忘了老王当年毕业于一所医学院。”张龙援若有所思地说。

小姐说：“王大哥说，小兰的手指骨是自己长紧的，他只是把小兰手指的两根筋缝合了。他还说如果小兰的手指是断在指节处，那他就没办法接了。他还说……”

肖雄没好气地说：“问什么答什么，哪这么多废话？！”

小姐连忙噤声，恢复了刚进来时那副怯怯的、蠢蠢的模样。

第 16 章

不是所有的嫖娼都无正当理由

刑侦大队长当时以为苏芳并不知道王泽荫嫖娼的事，其实苏芳早就知道了，甚至在王泽荫还没有东窗事发时，就已经知道了。连王泽荫自己都蒙在鼓里。不但苏芳知道，王楚洁也早就知道了。可是她们都没有说什么。苏芳也许巴不得他这样呢。王泽荫一嫖娼，家里那种一触即发的火药味减弱了不少。弥漫在家庭上空的阴云，就这样消散于无形。王泽荫不再拿喷火的眼睛扫视这个，又扫视那个。苏芳甚至还能与他说上两句话。

可这种平衡没多久就打破了。那晚，王泽荫回到家里，满脸阴沉，一看就知他心情不好。苏芳和王楚洁不敢多说什么，一家三口各占一方，在餐桌上吃饭。

饭吃到一半，王泽荫突然把筷子一摔，说："我嫖娼了。"

王楚洁身子一颤，心想，大家心知肚明，你又何必说出来呢？不会是神经出毛病了吧？人家的父亲在外面嫖娼，都是藏着掖着。你倒好，居然自己先说出来。王楚洁抬头看了一眼王泽荫，又看了一眼苏芳，见苏芳没有一点反应，埋脸继续吃饭。她只好也把头埋下来，继续扒着碗里的饭。

王泽荫没想到苏芳听了她的话，居然镇定自若，半点反应都没有，不免有些恼羞成怒，又叫道："我嫖娼被抓了！"从音乐的角度上讲，王泽荫这句话的声音提高了八度，从噪声的角度上讲，提高了60分贝。

苏芳抬起头，瞄了他一眼，又低下头吃她的饭。王楚洁顺着苏芳的眼神，左瞥王泽荫，右瞥苏芳，然后把眸子摆正，低垂，仿照苏芳，继续吃饭。但她心里清楚得很，又有事情将在这个家庭发生。

"我嫖娼被抓了！"

"我申报副科的材料被刷下来了！！"

"我从明天起要蹲禁闭一周！！！"

王泽荫每说一句话，声音提高一些。最后，声音到了无以复加的高度。事实上王泽荫还有一句话没说，就是他差一点当不成警察了。市公安局局长坚持要把这个"败类"开除出警察队伍，但刑侦支队的支队长和市公安局的刑侦副局长都替他求情，说他"战功"

累累，是刑侦重案大队不可或缺的人物。再说，他嫖娼也情有可原。他家正在发生内战，他老婆苏芳已经有很长一段时间不与他同房了。公安局长听了这些情况，才降低对他的处分，关禁闭一周。

苏芳仍然选择沉默。王楚洁不得不敛着头，跟苏芳保持高度一致。

王泽荫最后一声猛吼，恰似晴天一声霹雳："他妈的总有一天我要放火烧了这个鸟家！"王楚洁浑身一颤，一口汤从喉咙里吐了出来。这时她才知道，声音到了最高，还能达到更高。就像一等奖后面还有一个特等奖。就像博士后面还有一个博士后，就像选秀赛的冠军后面还有一个总冠军。总之，王楚洁被王泽荫的极品吼声吓坏了。

跟随那一声震天吼，是一声稀里哗啦的破裂声。王泽荫举起他手中的碗，半点都没犹豫，朝地上砸去！

这声音一定会让楼下住户想起一年前王家地板上的那次杯裂声。那只杯子是苏芳砸的，而不是王泽荫。然而时隔一年，王泽荫和苏芳的位置就这样滑稽地颠倒过来了。这真是一个有趣的现象。在这一年里，苏芳除了不跟王泽荫睡觉外，其他没干过任何对不起王泽荫的事，而王泽荫不但仍坚持他剖尸的老本行，而且新添了一项嫖娼的恶习，他凭什么倒理直气壮了？

这一吼一裂，不但吓坏了王楚洁，还吓坏了苏芳。苏芳脖子一竖，像一只低头觅食的母鸡，流露出突遭变故时应有的惶然和紧张。

母女俩就这样面面相觑地看着王泽荫砸了碗后，在餐厅里走来走去，像囚笼里的一只困狮。他的脚踩到地上的白饭了，他也不管；他的脚踩到碎瓷片了，他也不管。盛怒之下的他，知觉和触觉明显衰减。

放下汤匙，王楚洁不满地咕嘀一句："你嫖娼被抓，又不是我们举报的。"

这话一下子给了王泽荫可乘之机，女儿的话才完，王泽荫就一个巴掌把她打得摔出老远。王楚洁懵懵懂懵地趴在地上，半天都回不过神来。苏芳扑过来抱着她大哭起来。王楚洁感觉左脸颊火辣辣的痛，左耳洞也火辣辣的痛，里面像飞进了一只蜜蜂，余音绕梁。然后她跟着苏芳一齐嚎哭。家里像多买了两个高级音箱。王泽荫一甩手，出门了。

王泽荫出门后，就再没回家，他直接去蹲禁闭了。

在王泽荫蹲禁闭的这一周里，苏芳把注意力全部放在了王楚洁的学业上。这大概是她忐忑不安的心灵的唯一寄托。只有在这时，她才发现女儿的学习成绩退步多了。她一边骂着女儿，一边后悔自己没有及时督促她。

王楚洁简直要被她烦死去。她根本没心思读书，人在灯下坐，心却在外面的大街小巷里飘荡。她不知道那些伙伴在没有她的日子，是不是依然把夜晚过得比白天好，有没有一种群龙无首的感觉。

王楚洁毒毒地想：他王泽荫这样对我，动不动就甩耳刮子，我还学什么习？我要在全班弄个倒数第一送给他，让他再丢一次脸。

不过，他嫖娼露馅了，就算再丢脸，也没嫖娼丢脸。所以有机会，我不但要考全班倒数第一，还要让他出更大的洋相！

只是这个洋相该怎么出，王楚洁暂时还没想好。

这样熬了六七天，王楚洁突然好希望王泽荫回家。她想如果她能察颜观色，不再乱说话，回了家的王泽荫应该不会再甩她耳刮子了。而王泽荫一回家，苏芳就有得玩了。她肯定要腾出大部分精力，与王泽荫对峙。这样作为第三者的王楚洁，就解脱了。现在王泽荫不在家，王楚洁只是第二者，被第一者苏芳这样缠着捆着，真是难受得要死。

有天晚上，正在王楚洁胡思乱想的时候，门锁里响起钥匙插进来的声音，接着王楚洁便看见王泽荫从洞开的大门一步一步走进来，脚下像拖了一副沉重的铁镣。大概是蹲禁闭蹲久了，把走路的基本步伐都给弄生疏了。

七天的分离，让苏芳和王泽荫两颗浑沌的头脑澄清了许多，接下来的日子该怎么过，两人似乎都胸有成竹。回到家的王泽荫大大咧咧往沙发上一靠，就目中无人地把电视打开了，并把音量调到可以称作噪声的高度。

王楚洁忍无可忍地把书本合上。苏芳却没事般走过去，倒了杯开水放在茶几上。哎哟喂！她居然在讨好王泽荫？这让王楚洁实在是太吃惊了。苏芳把目瞪口呆的王楚洁推进卧室，然后把房门关得紧紧的，要她同自己一起睡觉。可客厅里电视的声音还是破门而入。王楚洁只好揉了两团纸粒，把耳朵堵上。

声音能破门而入，当然也会破窗而出，一会儿就有人敲王家的大门，王泽荫还是迈着带了铁镣似的步伐去开门。

门外的声音是："不好意思，打扰了，你看你看，都十一点了。请把电视声音关小点好不好？明天我孩子还要上学呢。"

苏芳想听王泽荫怎么说，可王泽荫半天不说，苏芳正估摸他是在点头还是摇头，突然就听到他一声吼："我在我家看电视，管你球事啊？！"跟随就是门砰一声关上了。来人如果不撤得快，估计鼻子都会碰塌去。

蹲完禁闭出来的王泽荫完全变了。变得对什么都不在乎了，对什么都肆无忌惮了。好像他蹲禁闭是在地狱里走了一遭。好像他蹲一趟禁闭就可以换得众生都上天堂。所以现在什么人都欠他的了，他成了大大的功臣，要怎样，就怎样。在这之前，他可没有这么放肆，除了有一次想强暴苏芳外，其他时间根本上表现得很乖巧，回到家里，一副尽量不惹苏芳生气的模样，能够不与苏芳见面，就尽量不与苏芳见面。所以除了吃饭是在一起，其余大多数时间他是一个人在书房里度过的。也许就是在那时，他头脑关注的范畴越来越广了。爱情容易让人头脑简单，对男人也一样。爱情缺失之后，男人的生活就广泛自由深刻多了。

王泽荫的工作有时是在晚上，所以白天有时他得睡觉。楼下住户摸清这一情况后，白天趁他孩子上学了、王楚洁上学了、苏芳上班了、他老婆上班了，就在家里放摇滚乐，声音既摇且滚，直朝王家窜去。让王泽荫翻来覆去睡不着，气得要吐血。

嘿嘿，这一报还一报，报得还真快。

但王泽荫是什么人？连尸体都敢宰来割去的，还治不了一个活人？第三天黄昏，他下班上楼时，带着一副脏手套，在楼下住户的大门上留下了一个又脏又腥的大手印。然后敲开了这家的大门。

“你大概还不知道我是干什么的吧？”王泽荫睁着一双迷离的渴睡的眼睛，对着从大门里伸出的一颗头颅，温和问道。

“随你是干什么的我都不怕。你做得了初一，我就做得了十五。你以为警察了不起啊？！”楼下的男人一点也不怯场。

“嘿嘿，警察是没有什么了不起，但我是法医你大概就不知道吧？我一年要剖一百多具尸体。我今天就是去剖尸体了。”说到这里，王泽荫敲了敲他家的大门，示意他注意那个又脏又腥的大手印，又说：“看看，这手印就是由一些腐肉和脏泥什么组成的，你若识相，该不会让我敲第二次吧？如果你执意要我敲第二次，那下次就不是送你一个大手印了，而是送你一只耳朵一个鼻子，或者一截大肥肠什么的，算是你迷人的晚餐……”

王泽荫的话还没说完，楼下男人就面如死灰，哇的一声扭头奔进自家厕所呕吐起来。王泽荫望着他的背影，颇有成就地笑了笑，然后迈步上楼。他知道楼下那个男人再不敢与他作对了。都说剖尸不是一项好职业，看样子还不是那么差嘛，至少吓人吓一个准一个。王泽荫毒毒地想。

王泽荫一进家门，苏芳就被他的一身尸臭给恶心住了。很久都没呕吐的苏芳又开始呕吐起来。

王泽荫把脱下来的手套轻轻松松往垃圾桶里一扔，又把自己那身混着尸臭和汗臭味的衣服脱下来随随便便往洗衣机里一扔。然后吹着口哨，进了澡房。以前他看着苏芳呕吐，一脸羞愧；现在他看着苏芳呕吐，一脸荣光。他这个样子，让王楚洁充分理解了椿树中学数学老师骂她的那个词：不以为耻，反以为荣。她想：敢情我脸上也常有王泽荫脸上现在的表情？嘿嘿。

在苏芳的吩咐下，王楚洁把那双剖过尸的手套连同垃圾桶里的其他东西一齐提到楼下垃圾站。苏芳把王泽荫的衣服在洗衣机里洗了两遍，居然还不敢用手捡出来去阳台晾。末了仍是女儿王楚洁帮她晾的。王楚洁只怕鬼，不怕所谓的尸体。作为剖尸男人的女儿，也许她从小就具有某种“免疫力”吧！

“你真是妈妈的好帮手。”苏芳现在不但要讨好王泽荫，还要讨好王楚洁。王楚洁只帮她提了一下垃圾袋，晾了一下衣服，她就对她感激得不行。这让王楚洁心里直犯腻。“母亲”这个词，在她内心越来越没分量了，那是一个值得同情的字眼。

第 17 章

不要吻解剖师的脸

玫瑰园桑拿按摩中心的小姐在临走前，还交代了一个重要细节，那就是王泽荫在胜利广场附近应该有自己的房子。她也许是为了报答警察这次没罚她的款。

什么叫喜从天降？这就叫喜从天降。其实她不说，张龙援他们已准备让她走了。可她把这个重要消息漏出来后，张龙援不得不把她出去的时间向后推迟一个小时。

“你怎么知道他在胜利广场有房子？”张龙援问。

“我猜的，他应该有。我记得他好像提过。”小姐说。

“你去过吗？”

“我没去过，他不让我去。”小姐说。

“那……你们俩，这个……做事，一般在哪儿？”张龙援问得有些吞吞吐吐。

小姐倒是直截了当：“你是说做爱？我们都有两年不做爱了。”

“为什么？”

小姐说：“他不愿意，他说做爱没有什么意思，他说不想跟任何人做爱。”

张龙援与肖雄对视了一眼。肖雄问：“他会不会是骗你？去找别的小姐了？比如小兰？”

“他不会骗我，我知道他说的是实话。这两年，我们常在一起吃饭，如果他不喜欢我，他没必要这样做。他完全可以甩了我。小兰只跟他做过一次，说是为了报答他。”

肖雄问：“你怎么知道？你不吃醋？”

小姐瞟了他一眼，没说话。

张龙援问：“那他为什么要另买房子？”

“我也不知道。不过，他常常说自己家里太压抑，太没劲，太不自由了……他似乎与他太太过得不好……”

“那你知道他房子具体在什么位置吗？”

“不知道。有一次我好奇，打的跟他到了胜利广场，可他在胜利广场就下车了。我不敢下车，怕他看见。没一会儿，他就不见了。我想他一定是去了胜利广场附近的某条巷子。后来有客人打我电话，我就没再去跟踪他了。”

张龙援问：“以你的判断，他如果有房，应该在胜利广场哪个方向呢，东？南？西？北？”

“应该在西北方向吧？不一定。总之不在南边。若在南边，他没必要把车停在胜利广场，再徒步穿过一条那么宽的马路……”

张龙援和肖雄又对视了一眼，同时点点头。张龙援说：“你现在可以回去了，记住，别关手机，有什么情况随时向我们反映。如果王泽荫跟你联系，你要尽快告诉我们。他妻子死了，也许跟他有关。他现在是个危险人物，你可得小心点。”

小姐突然庄严说道：“王哥绝不是凶手。我了解他。他爱他太太，他不会杀他太太的。我如果相信他是凶手，我就不会告诉你们这么多。”

肖雄冷笑一声，说：“要了解一个人，单凭直觉恐怕还不行吧，我们与他同事了那么多年，至少比你更了解他。”

小姐轻蔑说道：“我与他睡过觉，你睡过吗？”

一屋子人哄笑起来，张龙援扫视了一眼大家，大家赶紧止了笑。

张龙援说：“我们也不希望他是凶手。我们之所以想尽快找到他，就是想证明他不是凶手，或者让他自己证明，他不是凶手！”

“他会证明给你们看的。”小姐说完这话，走了。

“进来时，哭哭啼啼，出去时，神神气气，还真反了她了！”肖雄愤然说道，“不行，我得告诉治安队的哥们儿，今晚捉了她，罚她几千，看她还神气什么？！”

张龙援喝道：“肖雄！又讲屁话了吧？你若意气用事，坏了我们的大事，我把你开销出去。”

肖雄涎着脸笑道：“头，把我开到治安队去吧，他们那边油水大大的有！”

张龙援说：“屁！让你去看守所！”

肖雄笑道：“那就千万搞不得啊！我还是待刑侦队好了。你以为我真有那么宝，这时叫治安队的去捉她？我只是气不过她神气个卵样！”

大伙儿又哄地笑起来。

王楚洁在大伙的哄笑声中陷入了沉思。

“他爱他太太，他不会杀他太太的！”这个小姐怎么这样肯定呢？如果她说的是真的，那她这个做女儿的怀疑就显得非常可笑了。王楚洁心想：难道我还不如一个小姐了解我父亲？她几乎每天跟父亲在一起，可她还是怀疑父亲有可能毒杀母亲。而一个小姐，与父亲在一起的时间绝对没有她的百分之一那么多，却能够断定父亲不是杀人凶手。这真让她吃惊。难道就如小姐所说的“我与他睡过觉”？王楚洁小时候当然也与王泽荫睡过觉，但这种觉当然不能与那种觉相比。

正因为这样，我就不如一个小姐了解自己的父亲？这他妈咪的什么逻辑啊？！王楚洁在心里骂道。

苏芳与王泽荫睡过觉，并且睡的时间最长，看样子最了解王泽荫的还是苏芳。如果苏芳还在，她一定知道王泽荫会不会谋杀她？如果她知道王泽荫会谋杀她，那她一定会避开凶险，不让王泽荫的阴谋得逞？如果她能够不让王泽荫的阴谋得逞，那么她现在应该是活着的？这么说来，不管王泽荫有无谋杀她之心，她都可以平安活下来？而现在她既然死了，说明与王泽荫没多大的关系？

可谁又说得准呢？知道一个人的阴谋，也不一定能够避开。就比如古代很多皇帝都知道别人要谋反，结果还不一样给反了？以皇帝的力量都阻止或预防不了一项阴谋，何况那么文弱而且并不机智的苏芳？

王楚洁的思维陷入了一片混乱之中……

至少在苏芳活着的时候，她从没向她父母提及王泽荫想谋杀她。或许真如小姐所说，王泽荫根本不会谋杀苏芳？因为他缺少足够谋杀苏芳的理由！连他在外面找小姐的事，苏芳都可以包容甚至允许，王泽荫还有必要谋杀她吗？

再说了，王泽荫也没有给苏芳买下大份额的保险，不存在为谋保险公司之财而毒杀自己的妻子。

小姐说王泽荫是爱苏芳的。这话也让王楚洁感到费解。如果说在王楚洁九岁之前，王泽荫是爱苏芳的，那么在王楚洁九岁之后，就一点也看不出他爱苏芳。他除了想尽法子折磨苏芳外，他哪里还爱苏芳呢？

王泽荫嫖娼东窗事发之前，王家人吃饭时一般不说什么话，只听到筷子汤匙与碗轻碰的声音，要么就是王泽荫稀溜溜的吃饭声。这算是遵循了“食不言”的古训。可王泽荫蹲禁闭出来后，情况再不是这样的了。

禁闭七天，仿佛是禁闭了七年。王泽荫一下子变得特别爱说话了。他似乎要把七年没说的话，全都说出来。而且讲得都是他以前讳莫如深的事。讲他这些年来，是如何把男男女女老老少少一具具腐烂的没腐烂的尸体进行细致入微地解剖，为破案找到关键的答案。

想想看，一年解剖的尸体就是一百多具，他肚子的故事简直讲一千零一夜也讲不完。而且他又讲得特别详细，一桩桩案例，都是他亲自经历的。凶杀的尸体该如何解剖；溺水的尸体该如何解剖；强奸的尸体该如何解剖；服毒的尸体又该如何解剖，如果不按正确的方法解剖，就不能从尸体中找到破案的线索。而一具尸体如果被法医像白菜一样在案板上摆弄来摆弄去，都找不到有价值的线索，这样的法医就会让同行瞧不起。而让同行瞧不起的法医简直比尸体还臭。当然，他王泽荫不是这样的法医，他王泽荫是同行最器重的法医。王泽荫说起这些，不再藏着掖着，而是显得异常的骄傲和自豪。

王泽荫说，最难忍受的尸臭就数曝尸之臭，一具尸体如果在六月的太阳底下曝晒十天，那种臭就无法形容了。

王泽荫对正在吃饭的母女说："这样的尸体在我们局里还只能靠我去解剖。这样腐烂严重的尸体不能再抬起来了，因为它的肉已成浆糊状了，一抬就点点滴滴淋淋漓漓地往下掉，没一会儿，就会掉得只剩一具骨骼，所以得就地解剖。我是我们局里最不怕臭的人，除我之外，还有一种东西不怕臭，就是苍蝇。苍蝇沾在尸体上简直就像芝麻沾在糯米饼上，你要赶开它们，非常难。我赶来赶去，结果它们都沾在了我身上。如果只沾在我的衣服上也还罢，最恼火的是它们还要在我的眼角、鼻子、嘴唇边走走停停，痒得我要死，而脏兮兮的手又没法抓。我只好不停地用手在自己脸前挥来舞去。有一次不小心我还用手术刀在自己脸上刮了一道血口。"

王泽荫说到这里，苏芳早就冲进厕所，稀里哗啦地吐起来。王泽荫看着厕所，抿了一口劲酒，露出舒服而成功的笑容。

这种故事，一般人在吃饭时听了，也许会同苏芳一样，吐得个天翻地覆。可法医的女儿王楚洁却一点感觉都没有。王楚洁从她父亲的话中，没听出恶心，却听得满脑子好奇。她甚至都有些看不起苏芳这种习惯性呕吐。她恶作剧般地配合王泽荫说："哎呀，别卖关子，你快点讲啊！"

王泽荫说："好听，是不是？"

王楚洁说："好听，你快讲。"

王泽荫就说："既然好听，就得等你妈来一起听呀，好的东西要大家分享，你说对不？要不然回头你妈妈又说我隐瞒事实，有意欺骗她，这样的罪名，不好担吧？”

“那好吧。”回过头，王楚洁叫道，“苏芳，快来呀，王泽荫要接着往下讲了呢。”

可苏芳那会儿软在马桶旁，只一个劲地发出难听的呕吐声，哪还有精力来欣赏王泽荫并不如烟的往事啊？

王楚洁见母亲不答话，就说：“你大声一点讲，她不就听到了？”

王泽荫说：“也是哈。”

于是又开讲了。王泽荫把头对着厕所，大声大气说道：“回来后，你妈看着那道血口，那个心疼啊，忙问我这血口哪来的？她大概怀疑我在外面有相好的，血口是被相好的用指甲抓的，我当然得纠正她这种错误的想法，是不是？我说啊，这是执行特殊任务时给坏人划伤的。你妈当时就抱着我，用舌头在血口上舔来舔去……”

王楚洁打断他的话，问：“你当时还没洗脸啊？”

王泽荫说：“哪能啊？没洗脸哪受得了啊？尸体就在一个臭水沟里躺着，我把它解剖完后，也顾不得那么多，就在臭水沟里擦了一把脸，当然，还是没洗干净。回家后我准备再大洗一次，或者干脆去外面做一次美容，可你妈妈急不可耐，抱着我就吻个没完……”

说到这里，苏芳突然从厕所里冲出来，端起桌上的茶，毫不犹豫就朝王泽荫泼去。哗！王泽荫冷不丁像被一只长着长舌头的癞蛤蟆给舔了一下，顿时一脸一身都湿淋淋的。有几片茶叶温柔地贴在他的脸颊上，摇摇欲坠，可就是不肯掉下来。

放下茶杯，苏芳又返身冲进厕所，继续她的呕吐去了。敢情她这一举动，还是在呕吐的百忙中抽空完成的呢。

王楚洁心想，坏了，王泽荫老大的耳刮子这次一定要掀苏芳了吧？但她显然错了。王泽荫对妻子的度量要比对女儿大多了。只见他捋了一把脸上的茶水和茶叶末子，哈哈大笑，笑得非常开心，笑得眼泪都流出来了。看样子，他一点都不与苏芳计较。

“你看看，你看看，你妈那时不给我洗脸，这会儿却要给我洗脸了。”王泽荫现在变得非常幽默，“迟了多少年啊！”

王楚洁说：“下次在苏芳舔你的臭脸之前，可要洗干净啊。”

王泽荫说：“当然当然。”

王楚洁说：“行，那你接着讲吧。”

王泽荫于是又开讲了。

苏芳伏在马桶上哭泣起来，她一边哭一边呕，一边哭还一边骂：“两个变态的东西，你们会不得好死的！”

到现在，王楚洁仍然记得苏芳那副上天无路入地无门的异常绝望的神情。王楚洁暗叹一声，心想：如果那时苏芳不那么逼我读书，我也许就会站在她一边，帮她对付王泽荫。那时她在玩的道路上一路狂奔，已到了不亦乐乎的境界，哪还有什么心思读书啊？谁逼她读书，谁就是她的敌人。何况那时苏芳对她的学习是松一阵紧一阵，神经病似的，让她实在是受不了。所以她要帮着王泽荫整苏芳。

第 18 章
年薪五十万

张龙援兵分两路，一路查王泽荫熟悉的那家中外合资医院，另一路则是去查王泽荫在胜利广场附近隐匿的住处。

小姐所说的那家合资医院在城南区。张龙援亲自带队前去摸排。他是想看看王泽荫究竟在玩什么把戏？他怎么就比医生还医生了？他是不是想在某一天突然跟刑侦大队的众兄弟说声拜拜，然后摇身一变，就成了合资医院的外科医生了？他与那医院究竟是什么关系？这会儿他是不是已躲在医院做他的职业医生了呢？

接待张龙援的是一名叫宋子新的医生，他自称是王泽荫的大学同学。但肖雄略一回忆，就发现王泽荫的电话本里并没有一个叫宋子新的人，也没有他的电话号码。这说明王泽荫要么跟他很熟，熟到都不要记他的电话号码了，而是直接记在头脑中；要么不熟，连他的电话号码都懒得记；再或者就是不想记在本子上，让别人知道他有这么一个同学……

这个叫宋子新的人一开口向张龙援介绍自己时，站在旁边的肖雄的大脑就飞快地运转起来，不断地分析处理话语中的信息。这是一个好的刑侦人的习惯。可宋子新话中的信息量实在是太大了，让肖雄的大脑根本来不及认真分析思考。他只好掏出一个本子，像记者那样记录起来。当然不是句句都记，而是把他认为的重点、疑点记下来。在这方面，张龙援就挺欣赏他的。

对王泽荫杀妻嫌疑人的身份，宋子新惊讶不已。他表示，以他大学五年对王泽荫的接触和了解，他不应该会走到今天这一步。张龙援说现在他们不也经常在一起吗？怎么还要把大学里的印象作为依据？宋子新说，现在他们虽然在一起，那仅仅只是一起工作，也就是一起做手术，手术一结束，王泽荫往往立马走人。王泽荫在医院已经兼职四年。但他还从没与他在外面吃过一顿饭。现在的王泽荫似乎比在大学时内向多了，好像故意要把自己往神秘的方向整。

张龙援点点头，问："他在医院兼职都四年了？他有医生资格证吗？"

"当然有。他大学还没毕业就拿到医生资格证了。你不知道，大学时他可有才华了。可惜就是不爱说话，不爱与系里院里的领导打交道，结果他的才华并不为很多人知道，也没有获得他应该得到的东西。”

肖雄突然插了一句话：“他有什么才华，举个例子说说看？”

宋子新一张嘴，但思维并没有及时跟上来，他停顿片刻，才说道：“比如说吧，有一回解剖课，老师分给我们每人一只活青蛙，让我们把青蛙的皮剥了，把青蛙的头剁掉，然后进行蛙跳比赛。其他同学不是把青蛙一下子就弄死了，就是让青蛙跳得颠三倒四，只有王泽荫刀下的那只青蛙，没有头没有皮，也足足跳了三百多米。而且居然能凭记忆和本能从教室的门口跳出去，好像它背上也长了眼睛似的。当时我们都惊呆了。还有，大学期间，全校几千本科生，只有王泽荫在医药的核心期刊上发表过四篇论文。按那时的规定，都可以评副教授了。”

“他为什么要兼职？”张龙援问。

“他说他缺钱。”宋子新抓了抓脑袋，说，“对了，他好像不喜欢做警察，他说他想辞职到我们这里来干。不过这都是几年前说的，这两年我们院长非常希望他加盟，可他似乎又不愿意了。也难怪啊，你们捧的是铁饭碗，是国家公务员，有国家的保障。我们再怎么努力，也只是一个打工仔，老板什么时候想开销，就可以什么时候开销。真要辞职，还是舍不得的。”

肖雄问：“我们跟他同事，怎么就没发现他兼职呢？他的工作其实挺忙的啊，怎么还有时间兼职呢？”

“哦，是这样的，他是不用坐班的。一个月也来不了三五次，每次都是有疑难外科手术要做，我们才把他请过来。”

肖雄狐疑问道：“他这把刀就有这么厉害？”

“那你就小看他了。你想想看，他一年要解剖多少具尸体？对人体结构有多熟悉？我敢说，我们大学时那个班的同学加起来，也不会有他这么丰富的临床经验。更何况这小子在这方面真的很有才华，他对人体的兴趣好像是天生的，不像我们，仅仅是把它当作一项工作。你们说说看，如果不是因为这工作薪水还可以，谁愿意整天在别人身上开窟窿缝窟窿的？”

张龙援问：“你们给他多少钱？”

宋子新笑了笑，似乎不愿意说出来，但结果还是把右手的中指、无名指和小指伸出来了。

“天，一个月三千？”肖雄惊叫道，“我们的工资才两千多呢。”

宋子新摇了摇头，一字一顿地说：“今年我们老板给他开出的年薪是三十万。”

张龙援和肖雄都惊呆了。半晌肖雄才问道：“没搞错吧，他值这个数吗？”

宋子新说：“怎么不值？我们老板说，如果他愿意来我们医院，年薪给他五十万。”

肖雄扭头望着张龙援，问：“天，王哥是不是疯了？他为什么不辞职？要是我，早辞职一百次了！”张龙援没有回答他肖雄的话。

随着对王泽荫调查的深入，王泽荫越来越不像日常生活中他们印象中的那个王泽荫了，而成了一个扑朔迷离的梦。显然，王泽荫不是一个爱钱的人，而他之所以能顶着家庭压力继续留在刑侦队干法医，也肯定不是为了保留那个所谓的公务员的称号。那个称号在年薪五十万面前，已变得一点吸引力都没有了。那么，王泽荫之所以继续留在刑侦队究竟是因为什么呢？就为了破罐子破摔？与苏芳对着干？给苏芳找难受？

“我觉得你们医院的报酬与劳动不成正比，特别是对王泽荫。”张龙援慢吞吞地说。

宋子新说：“怎么不成正比了？我不妨告诉你吧，我年薪大概是八万左右。但我一点都不妒忌我这个老同学。王泽荫简直就是我们医院一个秘不示人的核武器。因为是我介绍他来我们医院的，我们老板还额外给我发了五万块钱奖金呢。你们想想看，一个新医院要想打出自己的品牌，要想从市里其他大型的老牌国家医院抢生意、抢饭吃，凭什么呀？凭的就是技术！好，你们做不了的手术，我们能做；你们解决不了的问题，我们能解决。这样一传十，十传百，我们医院的名气不就有了吗？所以别看王泽荫一个月只来我们医院两三次，但他的一次顶别人百次。再说了，他甚至都不用自己的名字动手术。进手术室之前，他只是我们的一个没有名字的助手。但进了手术室之后，把头发一包，口罩一戴，他就成了我们的主刀医生。病人和家属都被蒙在鼓里呢。”

听到这里，肖雄笑一声，说：“他的手术都记到你的名下去了吧？”

宋子新脸一红，尴尬道：“我也不怕你笑话，他的确有手术记到我名下了，事实上我们医院的外科医生几乎都受过他的恩惠。……我想，这些你们会替我们保密吧？”

张龙援说道：“当然。我们有这个责任。这也算你们的商业秘密吧。”

张龙援和肖雄是带着一头迷雾怅然返回刑侦队的。有诗怎么说的？“只在此山中，云深不知处。”现在被肖雄所形容的“老实巴交”的王泽荫在他们面前，就是一座云深不知处的山。

胜利广场附近地形复杂，小巷遍布，高楼和瓦房相互交错，流动人口特多。王泽荫在这里“筑巢”，也算是个隐蔽的处所。只是不知他需要这么个隐蔽处所做什么？既然小姐说他对做爱都没兴趣，那肯定不是在这里包养情人。

张龙援他们对王泽荫这个神秘处所当然特感兴趣。如果没有估计错的话，王泽荫很可能就在里面。为什么？因为他的车就停在胜利广场。

而要把王泽荫这个住所找出来，仅靠专案组的人当然不够。张龙援向市公安局汇报了情况，要求兄弟部门和兄弟警种配合作战。

没多久，胜利广场附近的派出所、治保会、居委会的人马就全部调动起来了，挨家挨户打听，谁家出租了房，谁家出售了房。或者有没有可疑人物住进这个社区。把胜利广场除南边以外所有的大街小巷都问遍了。这样一来，顺手牵羊，把其他案子和可疑人物查出了一大堆，可就是不见王泽荫。王泽荫好像人间蒸发了一般。

怎么会这样呢？按小姐提供的情报和王泽荫车子的位置，王泽荫应该就在这一片啊？现在却找不到王泽荫，这说明了什么？只能说明派出所、治保会和居委会的工作做得不细致！不扎实！

刑侦大队在市公安局告了一状，市公安局的领导把搜查组批评了一顿。治保会和居委会本来就不归公安局管，辛辛苦苦去搜查，没得一点报酬，没听一句好话，反而挨了一顿批评，一生气，就撂担子不干了。留下窝着一肚子气的派出所民警，又把辖区搜查了一遍，可依然是生不见人，死不见尸。

王泽荫不愧是刑侦大队出来的人，他要把自己隐藏起来，也许派一支军队来，都找不出他。据说人的双眼之间，有一个盲点，王泽荫也许就躲在别人眼睛间的盲点中去了。当然，这只是王楚洁的臆想罢了。

大队人马去胜利广场四周“打捞”王泽荫的时候，王楚洁坐在刑侦大队的办公室，冷眼旁观，一边又陷入漫长的追忆之中。

……

王泽荫自从开口讲述自己的故事以后，整个人就变得眉飞色舞，活灵活现，像杂耍中的一个猴子，把丈夫和父亲的形象给彻底颠覆了。他知无不言，言无不尽。告诉他的妻子和女儿说，其实每一具尸体都会说话，关键是如何打开它们的“话匣子”，让它们原原本本告诉你事情的真相。

这对苏芳来说，听到的是这些故事的恶心之处；而对王楚洁来说，听到的则是这些故事的机智之处。那段时间，王楚洁简直是在贪婪地从这些剖尸故事中吸取智慧，她认为王泽荫讲的故事比椿树中学老师讲的课要有味一百倍、一千倍。有时在讲叙的过程中，王泽荫还会故设疑窦，让女儿回答。在一问一答之间，父女俩度过了一顿又一顿美妙的晚餐时间。而吐得一塌糊涂的苏芳除了让父女俩大饱眼福外，还提供给了他俩不少笑料。

王楚洁当然知道王泽荫讲叙这些剖尸故事，主要不是针对她的，而是针对苏芳的。看着苏芳一吐再吐，他的脸上常常会露出满意而残忍的笑。他显然不知道，在他这种恶作剧的潜移默化下，王楚洁的逻辑思维能力有了质的飞跃。有好几回，王楚洁甚至央求王泽荫带她一起去解剖尸体。王楚洁显然是想赶在父亲之前，找到答案的关键所在。那样的话，她就有吹牛的资本了。但王泽荫怎么会带她去呢？

王楚洁只能在各种各样的游戏中体现她的智慧。

那段时间，王楚洁与同伴在玩一种虚拟的杀人游戏，叫作“天黑请闭眼”。

在一个“杀手”四伏的现场，游戏开始了。所有的同伴入席。每人座位上有一个号码牌，并且每个人将抽取一张扑克牌，抽到“A”牌的人扮“杀手”，抽到“K”牌的人扮“警察”，其余牌面则统一扮“平民”，另有一个旁观者，则扮公平公正的“法官”。王楚洁不管是扮杀手，扮警察，还是扮平民，都能稳操胜券。同伴们都说她长大后如果不当警察，简直是一种浪费。但王楚洁自己不这么认为，她不想在王家再添一个警察。如果能够，她希望做一个私家侦探，那也许比做警察更好玩些。到时王泽荫破不了的案，就央她去破，那多有劲呀！

现在想来，把他经历过的所有剖尸故事讲叙出来，王泽荫其实并不轻松。证明他不轻松的依据是：以前他不酗酒，现在酗酒了。每餐上桌，他都要在桌前摆一瓶白干。一边给苏芳母女俩讲故事，一边一口一口喝着酒。开始还用杯子喝，后来杯子也扔了，干脆对着酒瓶吹。他的酒量并不大，往往半瓶白酒就醉了。

酒到酣处，他讲起话来，更是滔滔不绝。而且每到“精彩”之处，他都要重复几遍，生怕苏芳不呕吐似的。而苏芳总能如其所愿，在该吐的时候就跑厕所去吐，一点也不含糊。达到预期的目的后，王泽荫的脸上就会大放异彩，半边脸是红红酒色，半边脸是盈盈笑意。居然有点《笑傲江湖》中东方不败的样子。

是 2002 年，或者是 2003 年。总之，那是个夏天的夜晚，在王家的餐桌前，王泽荫又讲起了他的剖尸故事。

这回剖的是江边一具孕妇尸体。

“……唔，就是穿过我们城市的这条江啦，我们每天喝的水，都是从这条江里抽上来的。孕妇的尸体就在江上游两公里处发现的。我们发现她时，她已经在水里泡了一个多月，肚子胀得老大。

“我不知道她怀孕几个月了，就想把她肚子里的婴儿抱出来看看。我的手术刀相当锋利，只轻轻在她肚皮上一划，就听得扑哧一声，从里面冒出一股恶气，朝我迎面冲来，我赶紧屏住呼吸，把头扭到一边。要不然，我会被这口恶臭冲昏去。待气味稍稍散开，我慢慢把手伸进她的肚子，想从她虚掩的肚皮，把胎儿抱出来。可你们知道我抱出什么来了吗——？”

说到这里，王泽荫有意停顿了一下，抿了一口酒。

王楚洁问道：“你不会抱出一条蛇来了吧？”

王泽荫说：“蠢家伙，蛇也怕臭呀，它怎么会待在死人的肚子里？我抱出来的是一捧白花花的尸蛆呀。那些尸蛆在孕妇肚子里本来过着平静的生活，被我这么一搔扰，顿时群情激昂，汹涌澎湃。不一会儿，从肚里爬出来的尸蛆就将孕妇的全身都覆盖了。这情景你们能想象得出吗？

“对了，看过《木乃伊归来》吧？尸蛆就像《木乃伊归来》里的蝎子，一冲出来，就有铺天盖地的趋势。吓得我连连后退。然后提起一桶一桶的水对着尸体冲，冲了半天，才把尸蛆冲干净。这时再看江面，只见满江蛆浮，一会儿闻迅赶来的鱼儿，把这一片水面搅得像煮沸了似的。几条小渔船上的渔民见这么多鱼在打架，也不管尸臭不尸臭，忙摇船过来，一网一网撒下去，好家伙，一窝窝白花花的鱼就拖上来了。

“我看着不顺眼，就冲着他们叫：‘喂，不是我，你们有这么好的机会吗？’他们说：‘是啊是啊，你说怎么办？要不我们每人送条鱼给你吧？’我说：‘这还差不多。’记得不？那天我带回来的四条鱼，就是他们送的啊。我没吃多少，你们俩却吃得津津有味，还说鱼肉又嫩又鲜……”

听到这里，王楚洁骂了一声“他妈咪的”，转身冲进厕所，哇地一声吐了起来。王泽荫真是够狠，居然把自己的女儿都讲得吐了起来。王楚洁一边吐，一边想：我都吐了，我们家那位呕吐专家该不会把五脏六腑都吐出来吧？如果她这次把五脏六腑都吐出来了，那她不就成了个空胸人？下次看她还拿什么吐？！

王楚洁吐完回到餐厅，却发现苏芳居然屁事都没有。她抢过王泽荫的酒杯，斟一小杯，一仰脖子就喝翻了。再斟一杯，又一仰脖子喝翻了。并且一脸轻蔑地笑，嘴角微微上翘，既像一种挑衅，又像一种鼓励。

“你不是很会讲吗？继续啊，多精彩的故事啊。”苏芳笑道。

天啊！呕吐专家苏芳在王泽荫的“精心培育”下，居然获得了免疫力。这情景用一句什么话来形容好呢？“何意百炼钢”，真的化作了“绕指柔”。在这个家，苏芳算是“出道”了。

王泽荫张了张嘴，一句话都说不出来。他也许被苏芳的样子吓呆了。他已经习惯了苏芳呕吐。可现在苏芳突然不呕了，王泽荫一下子失去了叙述的动力和兴趣。他把张开的嘴巴闭上，埋着头吃菜吃饭喝酒。

“后来呢？”王楚洁问。

“讲啊？”苏芳叫。

王泽荫对母女俩的话置若罔闻，连头都不抬一下。王楚洁说了一声“没劲！”就跑到街上玩去了。她想：如果我把这个故事讲给同伴们听，他们绝对会像我一样大吐特吐一回。

想到那种可以预期的效果，王楚洁顿时高兴起来。可高兴没多久，她突然发现不行。为什么？因为她不能让别人知道自己吃了尸蛆鱼。别人若是知道了，还不会嫌死她去？何况，王泽荫也绝不会干出这样缺德的事来。谁都知道，他只是为了让苏芳呕吐，才虚构了这样的情节。如果他真的那样干了，就不是一般的变态了。

第 19 章
梦游患者夹在《翦翦风》中

张龙援决定再次对王家进行一次彻底搜查。他这次搜查的目的，无非是希望能找到王泽荫在外面住址的具体位置。他搜查的重点是王泽荫的书房。他命令手下的民警把王泽荫所有的笔记本、工具书、专业书和文艺书以及那些像哲学不是哲学、像宗教不是宗教、像人类学不是人类学、像社会学不是社会学、像生物学不是生物学、像医学不是医学的书都仔细翻个遍，他好希望王泽荫能发点什么感慨，记点生活随笔什么的，这样他就可以从中发现一些蛛丝马迹。

可是没有。笔记本上，法医王泽荫对生活没有半点赞美或牢骚。看了这么多书，怎么就没有什么感想呢？这实在太不对劲了。他对生活和社会的感想究竟藏在哪里了呢？是藏在他的心中，还是藏在别的什么地方了呢？现在张龙援越来越需要找到王泽荫的另一个藏身之地。就算他人不在里面，但肯定可以从里面找出大量线索来。

张龙援转而又去翻查苏芳的遗物。结果在琼瑶的小说《翦翦风》中，发现苏芳随手写了这么一句话："日记并不能化解一个人的痛苦，反而会加深一个人的痛苦，我写了八本日记，可有什么用呢？"

张龙援看了这句话，如获至宝。

这真是一件令人激动的事情，如果能把苏芳的八本日记都找出来，一切问题不就迎刃而解了吗？可是，苏芳的日记究竟放在哪儿了呢？张龙援差一点要掘地三尺了，都没找到苏芳所谓的日记。当然，如果真掘地三尺，就要到楼下那户人家去找了。

"八九年购于松风书局"。

这是《翦翦风》扉页上苏芳留下的文字。那时苏芳才刚刚进入卫校，说明这本书是一本老书了。那么书中的那段文字究竟是苏芳什么时候留下的呢？如果是在她读卫校的时候留下的，那么就算她写了八十本日记，也与本案无关。张龙援看了这几个纤细的字后，忙安排笔迹检验组的刑警对苏芳的文字每隔五年进行一次比对，结果发现"八九年购于松风书局"这几个字跟苏芳后面留下的那段文字并不是一年的。继而发现，关于八本日记的那段文字，与苏芳2004年的笔迹极为相似。

得知比对结果，张龙援再一次激动起来。他安排了几组人马去寻找苏芳的日记。一组去苏芳的单位，看苏芳是否把日记藏在了单位的保险柜中。在很多情杀案中，偷情的人都喜欢把值得留念的东西保存在单位的保险柜中。一组去银行，看苏芳是否托银行保存了贵重物品。还有一组留在王家，继续搜查。

可结果呢，三组人马陆续打来电话，说没有结果。

张龙援都有些怀疑是不是苏芳生病时随手写的一句胡话。他问王楚洁，苏芳是否有写日记的习惯，王楚洁茫然答道："我从没看见苏芳写过日记。"张龙援听了她的话，绝望得简直要抓狂。难道苏芳在2004年的时候就知道自己要猝死，而且知道自己死后有人要翻看她的东西，有意布下这个局，让人误入歧途？如果真是这样，那苏芳就是世界上最可怕的人了。

"这八本日记也有可能是苏芳中学时写的。2004年无聊的苏芳再看这本书时，突然想起往事，随手写了这么一句话。我看过《翦翦风》，是一本青春小说，少男少女的恋爱故事……"王楚洁试图启发张龙援。

张龙援一拍脑门，说："对啊！你说得太对了！我他妈的真不如一个十三岁的孩子呢！"说完这话，他下意识地捂了一下嘴巴，做了一个与他这个年纪不相符的鬼脸。

王楚洁笑道："无所谓啦！我不说他妈的，但我说他妈咪的，一样的意思。再说，我也不是孩子了。"

张龙援摇摇头，说："你呀你——"

正在张龙援准备放弃这条线索时，负责搜查王家的那组民警偶然在苏芳梳妆盒的夹层里找到了一把非常奇怪的钥匙。钥匙送到张龙援的手中，张龙援看一眼，就知道这不是一把普通的钥匙。也许与钥匙相配的那把锁，锁住的正是苏芳的日记。

有一丝笑容走过张龙援的脸颊。他把钥匙圈进了自己腰间的那串钥匙中，看样子，他随时准备动用这把钥匙。王楚洁感觉得出他的自信。

没一会儿，去苏芳单位那组民警再次向张龙援打来电话，说虽然没有搜到苏芳的日记，但据苏芳的同事反映，苏芳的确有写日记的习惯。张龙援收了电话，点点头。

“走。”他挥手叫上肖雄。看了一眼身旁的王楚洁，又说：“你也跟我去。”

王楚洁与肖雄就跟着他出了办公楼，上了车。车子开到阳光大道时，王楚洁才知道张龙援要去的是她外婆家。

是啊，苏芳很可能会把日记藏在外婆家！作为出嫁女，娘家的房子如果不紧张，一般都会保留闺房的。而闺房一般会有相应的箱子，保存女孩年少时一些细碎的东西和回忆。王楚洁心想，张龙援肯定认为这把钥匙正是配苏芳闺房中的某把锁。事实上，她自己也感到张龙援这种推测是对的。

车子在苏芳娘家门口戛然而止。刹车声让王楚洁的心几乎跳到了嗓子眼。如果一切如张龙援所料，那么苏芳死亡的谜底很可能就藏在她的日记里，甚至王泽荫的去处，在苏芳的日记里也会有所涉及。

走出车门时，王楚洁双手自然而然合了一下，她在祝愿苏芳的死不是太离奇，这样活着的人也许就可以稍微安心点，继续活着就不会那么累、那么痛苦。苏芳死后，她家的“灾难”自然就终结了，王泽荫和她从此也许能过上一种平静的生活。

苏芳在娘家是有专门的闺房，也有专门的箱子。张龙援看了一眼箱子的锁时，发现锁孔根本与他腰间挂的那把钥匙不配。他一下子就慌了神。肖雄找来一根铁丝，左捅一下，右捅一下，将那把平常的锁捅开。张龙援急切地把箱子翻开，顿时满脸通红。肖雄伸头一看，也闹得个满脸通红。

王楚洁不知里面究竟藏了什么东西，也忙凑了过去。

一眼看去，不由得她不放声大笑。苏芳闺房的箱子里什么也没保存，只保存了她做女儿时的全部胸衣和内裤。这太不可思议了！难怪乍见之下的张龙援和肖雄会脸红耳赤。王楚洁的外公外婆面对外孙女莫名其妙的大笑，痛苦极了，眼角的泪又流了出来。

张龙援不死心，搜遍了苏芳的闺房，甚至又想掘地三尺，还是一无所获。张龙援只好垂头丧气地告别两个老人。

就在上车要走时，张龙援突然想起来了什么，又冲进苏芳的闺房，把墙壁上悬挂的一幅画掀起来，然后在墙壁上敲了敲。

可还是没有他想要的结果。墙壁结结实实，根本没有暗箱。

两个老人要留王楚洁在他们家，王楚洁当然不愿意与他们相对而泣。她摆摆手，兔子似的钻进了张龙援的车子。

在返回刑侦大队的路上，三个人为苏芳日记的去向问题争论不休。王楚洁认为即便苏芳写过日记，那也一定是把日记烧掉了。而且从她在《翦翦风》留言以后，就再没写过日记了。“不信你们问问苏芳的同事，看近两年，还见她写过日记不？”反光镜里，王楚洁看见张龙援的眼睛又贼贼地亮了一下。他一边开车，一边把手机掏出来。肖雄见了，忙说：“你开车，电话我来打。”

可不等肖雄把电话拨通，张龙援的手机就响了。张龙援接通手机，侧头看了一眼坐在车后座的王楚洁，然后不时地“嗯”一声，脸色越来越凝重。

凭直觉，王楚洁感觉这个电话与自己有关。果然，一下车，张龙援就把她带到自己的办公室，并单刀直入地问：“你是不是有过梦游史？”

王楚洁疑惑不解：“你什么意思啊？”

张龙援摇了一下头，再问：“你知道你是一个梦游患者吗？”

王楚洁叫道：“你才是个梦游患者呢！”

张龙援解释道：“刚才在医院里调查的民警来电话说，一个护士自称看过一点点你母亲的日记，你母亲在日记中说你有梦游现象。有一次居然半夜起床，自己开门跑到街上了。”

王楚洁心里一凛，这怎么可能呢？她自己怎么一点都不知道？

如果自己有梦游现象，苏芳和王泽荫怎么不跟她透露半句？再说半夜出门，她可不止一次，而是经常，那并不一定就是梦游呀。或许是苏芳梦游时看见女儿梦游了吧，就像庄生梦蝶一般？有一种叫恼羞成怒的情绪，这时迅速在王楚洁心中集结，她叫道："就算我是个梦游患者，跟你们又有什么关系？！"

张龙援唰地站起来，激动叫道："怎么没有关系？！一开始你就自称苏芳是你杀死的！你的潜意识里充满了杀人的念头，杀人的步骤已了然于你胸中。白天你受理智控制，当然不会把这些念头付诸现实，可到了晚上，到了深夜，作为梦游患者，谁知道你会做出什么事来？！"

王楚洁捂住耳朵，大叫一声："你放屁！我没有毒死苏芳！"

张龙援喝道："当然不是你！是那个梦游患者毒死了苏芳！"

王楚洁一屁股摊在张龙援办公室的水泥地板上。

第 20 章

每一具尸体都是一朵含苞待放的花蕾

那天晚上，王楚洁在外面玩了两个小时，感觉没什么意思，就转身回家了。她想如果王泽荫还没睡的话，她就缠着他把孕妇的故事继续下去，看看最后究竟是个什么结果。

王楚洁打开大门，冷不丁吓了一跳。她发现王泽荫居然光着上身，坐在客厅里大口大口地吸着烟，一眼瞥见她进来，忙顺手扯了一件衣服把上身掩住。苏芳则坐在卧室的床上嘤咛哭着。全身一丝不挂，衣服扔得满地都是。大大的奶子挺在胸前，显得特别刺眼。王楚洁的心猛地怦怦急跳起来。她的年龄已让她知道这是怎么回事了。

苏芳真不该喝酒，她又没酒量，一喝就喝得昏昏乎乎绵软无力的，给了王泽荫可乘之机。在很多电视和电影里，王楚洁都见过类似的场合。她没想到的是，今晚在自己家里也会上演同样的一幕。老奸巨滑的王泽荫，这回终于得逞了。

王楚洁暗叫一声“卖嘎头”，摇摇头说：“哦，你们有事啊？那我去外婆家。”说罢扭头就跑。出门随手招了一辆的士，然后钻进去。反正外婆已习惯她任何时候去他们家。

第二天放学后，王楚洁又去了外婆家。她以为苏芳肯定也在外婆家，但苏芳没有。苏芳现在不是以往的苏芳，她变成了一个刚强的人，一个不被生活轻易打倒的人。为了探个究竟，王楚洁在外婆家只喝了一杯水，又回自己家了。

家里一切正常。王楚洁回去的时候，苏芳已把晚餐做好了。三菜一汤，同平时没有什么区别。

但用筷子夹一把菜放在嘴里时，王楚洁才感觉到苏芳的变化。苏芳的变化从外表上看不出，她的变化在她内心。苏芳最大的变化就是变成了一个没有多大味觉的人。就像今晚的菜，看起来与平常无异，吃到嘴里却咸得要命。

怎么这么咸啊？王楚洁与王泽荫吃得直皱眉头，但他俩都不敢提出质疑。他们侧头去看苏芳，发现苏芳一点感觉都没有，她像一个真正的梦游患者，夹着菜往嘴里送，平静地嚼着，半点咸的反应都没有。

王楚洁与王泽荫没有一点食欲，放下筷子，她主动缠着王泽荫讲个故事。她希望把昨晚没讲完的故事进行到底。王泽荫抿了一小口酒，漱了一下咸透了的嘴巴，开始枯涩地讲起来。

但他不行了。他的叙述不再活灵活现，语言也一点感染力都没有了。并且，他不再过分渲染细节，只把故事的大概粗粗说了一下，就歇菜了。与昨晚那个生龙活虎的他比起来，有着天壤之别。

那个孕妇生前被人强奸了，开始并没有打算自杀，后来见自己怀孕了，迫于周围的种种压力，她留下遗言，投了江。根据她遗言里提供的线索，警方把罪犯逮住了，原本指望王泽荫找出更有力的证据将罪犯绳之以法。可孕妇的尸体从江底浮现太晚了，等到王泽荫他们找到她时，她肚子里的胎儿已完全蛆化了。王泽荫想用 DNA 鉴定来证明胎儿与罪犯的关系。但胎儿蛆化后，DNA 也随之改变。根本就没有物证指认罪犯，最后只能含含糊糊地判罪犯两年劳教。

苏芳的变化不单表现在做饭做菜上，还表现在她的工作上。

被王泽荫强奸一周后，她出事了。在手术室里，恍惚的苏芳差一点就把一个刚出生的婴儿当尸体解剖了。好在旁边有几个护士看着，飞快夺下了她的刀，才没有酿成大祸。但婴儿的小鸡鸡上从此肯定多了一道无法抹掉的疤痕。那个时候，她一定把自己当作是王泽荫了？当作一个剖尸女人了？

又或许在那时，她成了一个痛恨阴茎的人？

再或许，她把这个长鸡鸡的婴儿当成王泽荫了？

两年前，她因为在工作时间呕吐，已出过两次错，但那毕竟是可以原谅的。所以苏芳在接待登记窗口搞了很短一段时间后，又被抽调到手术室。这一回的出错，跟那两回性质完全不同。说得严重一点，这一回苏芳简直就是一个杀人犯，婴儿好端端的小鸡鸡差一点就被她咔嚓掉了。现在小鸡鸡虽然没被咔嚓掉，可小鸡鸡上面的伤疤，也许会影响小男孩未来女朋友的审美心态。

当天下午，医院里的头头就开了一个大会，会议的结果是从此撤销苏芳护士长的职务，并调离手术室，正式在走廊的接待室里搞登记。

出了事的苏芳，不再像以前那么羞愧难当了。撤掉护士长的职务，对她也无所谓；重新去接待室搞登记，对她也无所谓。回到家，她也不像一个刚出过事故的人，她的情绪相当稳定，把挎包随手一丢，大大咧咧往沙发上一坐，也不看王泽荫，就说："以前都是我做饭，今天你也给我做餐饭看看？"

王泽荫那时并不知道苏芳出事了，听苏芳这么说，他一点反扣都不打，站起来就进了厨房。王泽荫大概早就想做饭了，苏芳那种或咸或淡的饭，吃得他都有一种想呕吐的冲动。法医同志面对任何腐烂的尸体不吐，但吃着苏芳做的咸死或淡死的菜饭却想吐。

隔了好多天，王泽荫才知道那天苏芳出事了。王泽荫一个熟人的老婆去医院生孩子，看见苏芳在搞登记，就打电话询问王泽荫，护士长怎么搞登记了？

王泽荫一打听，才知苏芳出事了。知道苏芳出事后的王泽荫，也没说什么，只是咧开嘴对着一屋子零乱的家具笑了一下。这一声笑，当然并没有多大的意义，只是王泽荫觉得他应该笑一下。

剖了十多年尸体，剖了上千具尸体，王泽荫一肚子“尸体”。出于一种惯性，每到吃饭时，他仍然一具一具往外“搬”，可无论他怎么“搬”，苏芳就是不吐了。而苏芳越不吐，王泽荫的语言就越乏善可陈。到后来，他一出口，王楚洁就横眉冷对叫暂停。倒是苏芳，还要询问几句相关的细节，看不出是真心询问，还是出言相讥。

苏芳不吐了，但在王泽荫的叙述中，苏芳却有了酒瘾。只要王泽荫在餐桌上“搬弄”过去的尸体，苏芳都要喝上那么几小杯。

有酒瘾并不意味有酒量。苏芳的酒量不行，几乎一喝即醉。自然而然，又给了王泽荫N次可乘之机。王泽荫N次想强奸苏芳，但他得手的次数却寥寥无几。自从苏芳把手术刀放下去接待室搞登记后，就像宫廷格格被放逐，成了民间野女。只要王泽荫有放倒她的企图，她就对着王泽荫又抓又撕，甚至还用嘴咬。王泽荫常常是满脸满胸满胳膊都是伤，却难以取得实质性战果。玫瑰园桑拿按摩中心的那个小姐也许并没有骗张龙援他们。王泽荫近两年或许的确不想与别人做爱，因为他把全部心思和精力都用在了如何去强奸苏芳这件事上。可惜成功率太低。而越不成功，他就越想成功。

夫妻间这种战事，大多数王楚洁是碰不上的，但偶尔也会碰上。碰上了，王楚洁就惊叫一声说：“老天！你们总这样，烦不烦哪？！”王泽荫听了她的惊叫，一般会偃旗息鼓，不情愿地从苏芳身上爬起来走开。有时苏芳的乳房被他弄出来了，苏芳就会马上扯起衣服把乳房遮住，好像怕她看见似的。王楚洁用鼻孔“哼”两声，已是见怪不怪。

王泽荫讲故事的兴趣渐渐不那么浓了，以前他几乎每天都讲。现在他非要喝得微微醉了，才讲几句。但往往开头没多久，就被王楚洁叫了暂停。

王楚洁说：“话说三遍不好听，饭炒三遍不好吃。你讲来讲去，全是重复的。别再讲啦！”

王泽荫瞪着一双血红的眼睛看着她，问：“我都讲过啦？”

王楚洁冲着他说：“早讲过啦！”

王泽荫缓缓点点头，不再说话了，埋头喝他的酒。

但有一回，喝了酒的王泽荫突然一改过去的风格，说起了最美丽的尸体来，要知道，在这之前，他讲的全是恶心之事。苏芳和王楚洁根本不知道，尸体还有“最美丽”一说？这让王楚洁和苏芳兴趣陡增，瞪着两对溜圆的眼睛望着他。

王泽荫说，服安眠药死去的人和煤气中毒死去的人是最好看的。他们一个个很恬静，看起来像在睡觉，像陷在一个妖娆的梦中，嘴角挂着一丝若有若无的笑，比他们生前的任何时刻都要美丽。一具具尸体，就像一具具白玉雕像，就像一朵朵含苞待放的花蕾，就像灵魂深处一声轻微的叹息，就像睡眠深处一个甜美的梦。真的要多美就多美。尸体在三十度的气温下，随便放上一天，都不会出现尸斑。

王泽荫说，十多年来，他一共解剖了六十多具安眠药致死的尸体和三十多具煤气致死的尸体，其中年轻的女尸就有四十多具。有一次，一对双胞胎女孩，在浴室里洗澡，同时煤气中毒而死。当他赶到现场时，乍眼看去，还以为是进入了西方鲁本斯之流油画中裸体女神的意境中去了呢。

说到这里，王泽荫慢悠悠地喝了一口酒，陶醉般地叹道："解剖这样的尸体真是一种享受啊——！"

他把尾音拖得好长好长，一副陶醉得不行的样子。听了他的描绘，王楚洁浮想连翩，美丽的女尸一时在她脑海中不断迭现。在这样的尸体上动刀，也许就像在哈尔滨的冰块上动刀，寒美的心情会不会贯穿整个操作过程？在这样的尸体上动刀，王泽荫也许会灵感突现，用最短的时间找出问题的关键症结之所在？

王泽荫的这番叙述太有感染力了，以致后来王楚洁走到街上一见到美女，就想如果她突然死去，尸体在王泽荫的刀下将会如何摆弄？她甚至天马行空地幻想，有一天全城的美女突然集体死去，那么王泽荫会不会因幸福而放声大哭？！对他而言，那将是怎样一场"盛宴"啊？就像古代的将军，在百万人马对杀之后，面对战场上的那些成堆的年轻健美的尸体，会生发出怎样一种"豪情满怀"的感慨呢？

走在街上，王楚洁开始关注起帅哥来了。她想：如果这些活蹦乱跳的帅哥有一天死了，让她拿手术刀，她会不会很珍惜地把帅哥们解剖得井井有条，如庖丁解牛那般？那些帅哥会不会一边看着她在自己的身体上动作，一边与她说说笑笑？

这么一想，心中顿时大骇。王楚洁发现自己陷入了某种癔症中，几乎出不来。

第 21 章
瞳仁散乱

王楚洁几乎每天都做白日梦，她自己是知道的。但她真的不知道自己有梦游症。她在想：难道苏芳的死真是我下的毒？

现在想来，她的确做过类似的梦，而且不止一次。她梦见王泽荫和苏芳被她用飞刀误杀，最后她抱着他们的尸体号啕大哭。她还抱着他们的尸体到刑侦大队请王泽荫法医解剖。梦是毫无逻辑可言的，在梦中王楚洁曾多次看见王泽荫在乳白色的灯光下，戴着口罩，披着大褂，耐心细致地解剖他自己的尸体。

“现在，最关键的问题是，在你母亲死前，你有没有梦见自己下毒？”肖雄逼问王楚洁。

肖雄问这话时，王楚洁的情绪已缓和过来。混乱过后，理性重新占据了她的头脑。她想：也许我真的在前几天的梦中下过毒？而我自以为是梦，其实却付诸行动了？如果真是这样，王泽荫倒是无事一身轻了？王楚洁知道，如果梦中杀人，她不会付任何刑事责任，甚至连少管所都用不着去，最多是去精神病医院治疗一段时间。

王楚洁失散的瞳仁慢慢聚拢起来……

她用十指插入自己的头发，装作很痛苦的样子。

她一边“回忆”，一边缓缓地摇着头。

“你想想呀，仔细想想？”肖雄差一点要把鼻子凑到王楚洁脸上了。按王楚洁以前的脾气，这会儿又想掀他耳光了。或者用飞刀一样的唾液，射在他满是青春痘的脸上。《泰坦尼克号》的杰克其实并不是吐口水的好手，他教露丝的方法不对，以致露丝没办法把口水吐得更远。这个叫王楚洁的魔女比电影里的杰克要厉害多了，如果让她教露丝，保证露丝后来向她未婚夫吐的那口痰，一定会让他脸颊感到生疼生疼。

可现在他们太熟了，王楚洁不便向肖雄吐口水或掀耳光。再说，王楚洁现在正在演戏呢，她命令自己一定要演成功，让所有的人包括自己都觉得是她梦中毒杀了苏芳。像《三国演义》的曹操，拔剑刺杀自己的侍卫后，打一个呵欠，又倒在床上打起了呼噜。没有人不说他是在做梦。

让王楚洁心虚的是，这会儿张龙援怎么一声不吭了？他坐在一边作沉思状，一副高深莫测的样子。他是在为王楚洁梦中杀人寻找有利的证据，还是为她梦中杀人寻找不利的证据？王楚洁实在摸不透他葫芦里卖的什么药。

“我……我不记得了，但我的确梦见过杀死苏芳和王泽荫，梦见杀苏芳的次数少些，杀王泽荫的次数多些……”

“有没有梦到下毒？”肖雄饶有兴趣地问。

“……有，有过。但很少。”

“那你再想想，你母亲死前的那天晚上，你有没有梦见下毒或杀死她？”

“肖雄，你这是什么狗屁盘问？分明是诱供！”坐在一旁的张龙援突然叫道。

肖雄回过头，看了一眼张龙援，说：“你别护着她！我只想寻找真相！”

张龙援冷笑一声，不再说话了，又陷入沉思之中。

“你想想看？”肖雄把脸扭向王楚洁。

“……好像有梦过，我梦见自己在走路，走了好长好长的路……我梦见我在原野上，采撷了一些花粉……我用丝绢把花粉包起来，我打算把这些花粉拿回家，但是在半路，我不知怎么丢失了它们……”随着自己的叙述，王楚洁感觉头脑中的梦境越来越清晰了，潜意识里的念头一个一个涌上心来。

王楚洁的脸上开始有了梦幻般的色彩。一点也看不出有撒谎成分。她的白日梦又继续了……

“我其实想把花粉带回来给苏芳泡茶喝……我记得书上说花粉有美容的效果，我想苏芳把花粉喝了，一定会美如天仙，那样王泽荫也许会待她稍好一些。可是，我走在半路，就把花粉给丢失了……”说着说着，王楚洁自己都以为是真的了。她暗暗地问自己：或许那天晚上，我真的做了一个类似的梦？要不然这会儿的潜意识怎么会那样清晰？

肖雄开始向张龙援丢眼色，可张龙援不接茬。

肖雄只好自己把话挑明：“头，我觉得案情已比较清楚了，苏芳就是洁妹子在梦中下毒致死的！”

听了肖雄的话，王楚洁浑身一震，微闭的眼睛突然睁开，叫道：“我没有！不是我！！！”

肖雄道：“是不是你，不由你说了算！”

张龙援冷冷答道：“是不是她，也不由你说了算！”

肖雄急道：“头，你不能因为她是王哥的女儿，就置真相而不顾，一味地护着她！”

张龙援笑道：“有时你真的比猪还蠢！我这是护着她？你中了她的计还不知道呢。你不记得了？她一来刑侦队，就说苏芳是她毒死的，这会儿，你说苏芳是她梦中毒死的，她巴不得你下这结论，怎么会声嘶力竭地反对？她就是要你坚信这个结论啊！”

天，王楚洁暗叫一声，这个老家伙，我完全被他看透了。

王楚洁一脸无辜地望着他俩，仿佛没明白他们的话的意思。肖雄看了看王楚洁，又看了看张龙援，说道："头，开始她仅仅只想与我们搞恶作剧，现在真要把下毒的罪名推到她头上，她当然不承认啊！"

张龙援冷冷地一笑，根本不屑再与他争辩，如果是梦游杀人，她根本就用不着负刑事责任。她王楚洁当然巴不得事实就是如此。这样母亲死了，至少可以让父亲存活。肖雄根本就不知道王楚洁有多重的心机。张龙援淡淡说道："现在还不到结案的时候，不找到王泽荫，就结不了案。"

肖雄道："可是尸体放在殡仪馆的冰柜里，一天的花费不少呢，我们刑侦大队本来就没有什么钱……不能因为没找到王哥，尸体就一直这么停放下去……"

张龙援叹道："你说的也是实情，我也是这么想的。可你至少对案发当天的事情有个合情合理的解释吧？比如王泽荫为什么会那么反常？比如苏芳的礼物是什么？"

肖雄挠挠脑袋说："也许根本不存在苏芳的礼物，只是洁妹子胡说八道而已？"

张龙援眼睛一亮，他盯着王楚洁，看了十几秒钟，然后问："她为什么要撒这个谎？"

这话像是问肖雄，又像自问，还像在问王楚洁。不过若是问王楚洁，他就得这样问："你为什么要撒这个谎？"既然他把你字改作她字，说明即便是问她，也是间接的。

王楚洁接过他的话说：“她为什么要撒这个谎呢？因为她仇视警察呀！她想看着警察劳而无功，出丑到底呀！”说完这话，王楚洁突然觉得苏芳死的那天，一切都不过是一个白日梦。甚至叫刘聪龙去偷安全套的事情也没发生，只不过是她的臆想而已。

张龙援叫道：“你！？”

王楚洁轻蔑地看了他一眼，洋洋得意。洋洋得意只表现在她脸上，而这一刻她内心却是无比的凄惶，或许自己的一生都是在一场白日梦中？说不定哪天睁开眼，苏芳仍好好地活着，王泽荫也不是一个该死的法医，那有多好啊！

第 22 章
噩梦惊醒

不会讲故事的王泽荫又开始喜欢夜里往外面跑了，并且常常彻夜不归。

他一跑，王楚洁也跟着跑。深夜的街头，王楚洁和她的同伴像一群游魂，东逛西荡，疯得一塌糊涂。

……他们拾起石子砸路灯，砸中了就傻乐，碰巧把灯砸灭了，就乐翻了天。他们把沿江风光带的路灯毁坏了不少，有时被戴红袖章的老头撞上了，就会在后面猛追，这样他们更会乐得抽疯。跑一下停一下，让老头追过来，他们再跑。如果地上还有石子，他们一边跑，一边还会拾起石子去砸路灯，把戴红袖章的老头气得只想吐血。

王楚洁不喜欢这座城市，她的同伴也不喜欢；王楚洁不喜欢生活在这座城市的人们，她的同伴也不喜欢。王楚洁希望有朝一日，把整座城市都毁掉，那他们就可以搬迁到别的地方去。她的同伴也有同她一样的希望。

……他们也用玩具手枪顶着一个陌生人的腰，要他举起手来，待他真的举起手了，他们就风一般地逃掉，一路笑得喘不过气来。电视连续剧《小兵张嘎》中，张嘎用木枪顶着鬼子的腰，缴了一把真枪。没想到岁月过去了几十年，有人仍像当年的日本鬼子那么笨，要他举起手他就真的举起手。可惜分不清这个城市中哪些是日本人，要不然他们再把玩具枪在他（她）腰上一顶，那一定跟八路军一样牛逼。

……他们也围着一个衣服又脏又烂的街头落魄人，不做什么，就冲着他傻笑，让这个落魄人惊慌失措地望着他们，以为他们要欺负他。而他们却向他的破碗里砸一把硬币，哗啦哗啦，跟天上掉馅饼一样的声音，让他既惊又喜。他们则头也不回地扬长而去。

……他们在半夜的街头一路把店铺的卷闸门砰砰咚咚砸得山响，就像音乐家谭盾敲编钟似的，把里面的守店人吓得“半夜鸡叫”，他们就笑得东倒西歪。

特无聊的时候，他们还会把胜利广场花盆的摆设图案完全给换过来。这是一项比较庞大的工程，但当他们按照自己的设计意图，把花盆重新排列组合后，一个个就挺有成就感地傻乐！

总之，他们就是这么快乐得很盲目，盲目得很快乐！

偶尔，王楚洁也去跟踪王泽荫，但王泽荫反侦探的能力太强了，王楚洁跟不了一段路就会跟丢。王楚洁不知道王泽荫为什么把自己搞得这么神秘。以前王泽荫夜里出来，一般是开警车，现在警车他也很少开了，一出门就伸手招的士。这也是王楚洁跟踪不了他的原因之一。

王楚洁本来也可打的跟踪，但当她要的士司机盯住前面那辆车时，的士司机就会狐疑地打量她半天。王楚洁还必须找个恰当的理由解释半天，他们才肯照她说的去做，可这时前面的车子往往已融入万千流灯之中，早“云深不知处”了。

当然，王泽荫也不是像前两年那样每晚都往外跑，每周他大概有两到三个晚上在外面度过。其余的时间，他就待在书房看那些杂七杂八的书，看累了，就跑到客厅看碟。都是些黄碟，黄中带有一些离奇、神秘、惊悚、悬疑、科幻的情节，也不知他从哪里搞来的。当然，以他的职业，要搞到这些东西，并不难。

王楚洁不往外跑的时候，一般十点半睡觉，现在王泽荫往往十点就命令她去睡觉。王楚洁把卧室的门一关，他就看黄片。开始王楚洁听到客厅里隐隐约约、声声断断的呻吟声，还以为是王泽荫和苏芳发出的。她感到很意外，心想苏芳与王泽荫怎么就从对立走上统一了呢？

有一次，王楚洁把耳朵凑在门背想听个仔细，苏芳却突然推门进来，把她骇得心都跳出来了。她嗫嚅道：“我以为你们又打架了……”

苏芳不理睬她，把自己往床上一撂，拖着被子把身子和头全蒙住。隔一会儿，她又猛地把被子从头上扯下来，对王楚洁说：“睡！”

王楚洁说：“我睡不着。”

苏芳说：“睡不着也睡！”

王楚洁只好上床。

王泽荫除了看带些惊悚意绪的黄片，也看专门的恐怖片。苏芳怕听恐怖片的声音，躲在被窝里仍怕；王楚洁不怕，王楚洁觉得恐怖片的声音特刺激，特过瘾。有时王楚洁就从床上爬起来，跑到客厅与王泽荫一块看。王泽荫不让她看，要将她赶到床上去睡，王楚洁就说：“要看一起看，要不都不看。你吵得我们睡不着。”

王泽荫来了脾气，冷不丁就给了她一个耳光，但王楚洁早已习惯了他的耳光，她捂着发烫的脸，还是那句话：“要看一起看，要不都不看！”

王泽荫气呼呼的，他把头侧过一边，意思是懒得理她。

王楚洁在他身边站了一会儿，然后坐下来。

父女俩看恐怖片的时候，苏芳则在卧室里辗转反侧。她把卧室的灯揿亮，还是睡不着。后来她干脆也跑到客厅来了，不过不看影碟，而是远远坐在一个角落里织毛衣。可还是害怕。由于不知剧情，里面各式各样的恐怖声音，吓得她像一片受惊的羽毛。她的背已经靠着墙壁了，可她还老是回头看。仿佛墙壁里会突然伸出一只毛茸茸的手，将她扯进墙壁。她根本没法安心织毛衣。隔几天，苏芳买了一个 MP3，用那些轻柔的音乐把耳朵塞得满满的，总算好了一些。可半夜三更，苏芳的尖叫声还是把王楚洁从噩梦中惊醒。她全身都是汗，虚弱地喘着气，往往要问苏芳怎么了，苏芳就说她做噩梦了。

苏芳的脸色越来越苍白了，王楚洁也变得懵懵懂懂起来，不知什么是现实，什么是幻觉，生活在她眼前好像开启了第三扇窗。

那段日子，几乎所有的课王楚洁都是在白日梦中度过的。“魔女”的帽子也就是那时候语文老师给她戴上的。而这个绰号一旦在她头上安营扎寨，就再也甩不开了，以致她那些玩伴都不再叫她洁杀手了，而改口叫她魔女。

认识王楚洁的人都说，她的笑容布满了鬼气。一旦老师批评她，王楚洁就用一脸鬼气的笑容望着他们。让他们骂着骂着，慢慢就哑了声，好像有鬼把他们的喉咙掐住了。

哼哼，王楚洁心想：王泽荫的耳光都没把我改变，难道你们唾沫般轻舞飞扬的谩骂还会让我羞愧难当？做梦去吧！这么想时，她就嘿嘿一笑，恐怖片中那些美丽女鬼的表情就这样浮现在她脸颊。

很显然，王楚洁在有意无意模仿那些女鬼。

恐怖片看多了，王楚洁慢慢有了恐怖审美能力。在王楚洁看来，恐怖片应该以美国和日本的片子较好，那些片子能制造出足够的气氛，让你进入角色，然后步步紧逼，让你没有退路，最后只能一步一步坠入恐怖的深渊。你看着看着，心就悬到嗓子眼上了。相对来说，香港的恐怖片要差些，香港的恐怖片好多拍得血肉淋漓，却不恐怖，而是恶心，就像王泽荫手下那些腐烂的尸体。

可惜王泽荫在这方面的品位一直没提高，不管什么碟片，他都弄回来一大堆。有时王楚洁不得不指正他的审美误区。王泽荫什么话都不说，冷不丁又是一个耳光甩过去。

其实，王楚洁最想看的还是那些色情片。那些声音常弄得她心眼痒痒的。她从卧室跑进客厅，可王泽荫就是不肯让她看。如果王楚洁硬要赖着不走，王泽荫就会把 DVD 关了。因为甩她耳光已经不管用了。

有一天，王楚洁上午逃学回家。那时苏芳不在，王泽荫也不在。王楚洁心里一咯噔，心想这下好了，这下我就可以看那些黄片了。可她翻箱倒柜，居然一张黄片都找不到。王泽荫的卧室里有一个锁着的柜子，王楚洁估计那些黄片一定都被他锁进柜子里了。那天上午，王楚洁差一点就把那个锁着的柜子给撬了。但她毕竟还是怕王泽荫，末了还是不敢。

第 23 章

欢迎入住精神病医院

张龙援要带王楚洁去精神病医院做个鉴定，看她是否真的有梦游症。

看样子，即令是老谋深算如张龙援，也并不确定王楚洁有没有撒谎。事实上，王楚洁自己都不知道自己是否在撒谎。她想，这下可好玩了，会不会像电影里演的那样？一个近乎巫婆的医生，微启朱唇，用世界上最轻最轻最轻最轻的声音，对她说：“躺下吧——，躺下吧——，睡去吧——，睡去吧——。”

然后，她真的就在最短的时间内入睡了。

然后，没过多久，她就站起来，微睁蒙眬眼睛，在房间里走来走去，做着各种奇奇怪怪的动作。让张龙援他们目瞪口呆，而她自己却一点都不知情。

可到了精神病医院才知道，这里的医生根本没那号能耐。

接待张龙援他们的，是一个年轻的女医生。她除了花枝招展外，看不出有半点特异功能，也看不出这方面有半点强过他人的学问。她只简单地询问了王楚洁的睡眠情况和一些梦境。像小学生在向一个中学生讨教某个问题，一边问，一边在病历本上做些笔记。

合上病历本，她居然对张龙援说："我们这里不能判断她有没有梦游症，除非让她在这里住院观察。"

这话让王楚洁感到很失望。在涂满指甲油的纤指合上病历本的一刹那，王楚洁还以为她胸有成竹了呢，以为她会对张龙援说："是的，她有梦游症。"或者说："我认为她没有梦游症。"可她居然要王楚洁留院观察。

也好啊，我还真想与那些精神病人待一段时间，看看是什么滋味。王楚洁在心里叫道。她突然想起了琼瑶阿姨一本小说中的一段话来：神经人人皆有，巧妙各自不同。这话说得实在是太好了。每个人都有神经，只是你的神经与他的神经不同而已。当大多数人的神经相同时，这些人就会以正常人自居，而指责那些少数或者个别不同于自己的人是真正的神经病。这个世界就是这么荒谬。

王楚洁笑吟吟地看着张龙援，说："张大队长，要不让我在这里留几宿？"张龙援瞪了她一眼，一言不发地站起来就走。

王楚洁吐了吐舌头，跟在他的身后走出诊室。女医生冲着他们的背影叫道：“哎哎，我们这里的住院费是全市最低的呢。”很好。这话说明被指责患有精神病的人在这个城市还并不多。进而说明这是一座宽容的城市，城市里住着宽容的大多数。因为只有宽容的人才会容纳异己，不把不同于自己的人指认作神经病。

有一句话叫物以稀为贵，但病人例外，一个医院病人越多，就越值钱，各种住院费、治疗费、手术费等等，都是成倍成倍地增长。而病人少的医院，费用反而很低。这就是女医生着急寻找客源的原因。

回到刑侦大队，张龙援脸色非常的不好。这时他正处在无计可施和无可奈何的状态。这个案子，对他来说，压力很大。这不是一起简单的杀人案。如果是一起简单的杀人案，杀了也就杀了，破不了也就破不了，并不会影响他的仕途。但这一起却不同。一是受害人是警嫂，二是嫌疑人有可能是警察。市局领导对这起案子非常重视。责令张龙援他们十天之内破案。而现在，都过去四五天了，可案子一点进展都没有。线索倒有几条，可查着查着就成了死胡同，竟没有一条是通的。哎，这样下去，估计张龙援也得引咎辞职。他的上任，也就是周大队长，正是因为一系列离奇的尸体损坏案破不了，引咎辞职的。

那应该是在两年前，几家医院太平间的年轻女尸连续被人挖去了乳房，肚脐和外阴，有的连头都砍去了。虽然罪犯只与死人过意不去，但全市的活人那几天几乎都谈案色变。特别是年轻的女人，生怕自己哪天死了，也被人这里挖一块，那里挖一块。市领导要刑侦大队务必破获此案，刑侦大队的头头没有别的法子，只能把他自己和手下的喽啰全部派到各个医院的太平间守株待兔。但一只兔子都没等着。

王泽荫也忙了起来，因为每一具被损坏的尸体都需要他去剖解，但这种案子，他又能从中发现什么有价值的线索呢？他把各具尸体摆弄来摆弄去，最后对刑侦大队的头头说："从下刀的手法看，应该是一个人所为。"而这种判断，不用解剖，刑侦大队的全体民警早已达成了共识。甚至大多数市民都推测出是一个人作案。所以王泽荫说了等于没说。技术科的头头对王泽荫很不满意，可既然他都找不出蛛丝马迹，再派别的人去，一样会无功而返。

技不如前的王泽荫只能唉声叹气地缩回家，继续看书或看碟。有时他则在书房画来画去，好像他对几何学也特别有兴趣似的。王楚洁见过几回，以为他要搭建一座特别的城堡，让白雪公主和七个小矮人等童话里的主人公居住。心想，他倒是超然事外。这份处事不惊的定力，让王楚洁生出了几分敬意。她问王泽荫究竟在画什么？但王泽荫一把就将她推出书房之外了。然后将门一关，再不容许她进来。

刑侦大队忙活了整整三个月，最后的结果就是没有结果。这时候，曾经去苏芳娘家劝苏芳回心转意的周大队长只好引咎辞职，张龙援由副大队长摇身变作了大队长。可张龙援在任期间，同样没有把系列尸体损害案破掉。好在罪犯已销声匿迹，市民们很快淡忘了这事。报纸电视每天都有层出不穷的新噱头，一直把市民的心抓得紧紧的。资讯时代，每个人都成了信息的垃圾桶。信息收多了，大家都变得麻木了。

神经过分麻木，其实也是精神病的一种。就像每天面对王泽荫这样的剖尸男人，他身边的同事早已见怪不怪，心里没有一点异动。而有异动的苏芳，倒被大家当作了精神病。觉得她的反应过于夸张。王楚洁有时觉得自己高深得有些害怕。

不知从什么时候起，苏芳对王泽荫看黄碟也见怪不怪了。不再像开始那样，只要那种声音叫起来，她就会气冲冲地走进卧室，同时把门重重一关。

现在王泽荫看碟，她在客厅该干什么还干什么，一副熟视无睹的样子。有时也会远远坐下来，表情严肃地同王泽荫一起“观摩”。两人就这样一步一步向统一的趋势发展。

王楚洁却被他们害苦了。王楚洁是不能看黄碟的，她若跑到客厅去看，王泽荫就不单是掀她耳光，甚至会拿椅子砸她。苏芳也跟王泽荫一样凶巴巴的。很多时候，王楚洁在卧室里坐立不安，心里乱七八糟慌得厉害，像饿，却又并不饿；体内空空荡荡，却莫名其妙又像被什么塞得满满的。她只好把卧室的门悄悄拉开一点，让那些含混不清的声音尽可能地挤进卧室，飘进她的耳朵。

更多的时候，王泽荫一看黄碟，王楚洁就气冲冲地甩手出门，在夜色如水的街上走来走去。头脑里尽是电视里的那些残缺不全的画面。王泽荫和苏芳尽管不让女儿看，可王楚洁总能找些借口突然窜进客厅看几眼，王楚洁根本不知道男人和女人之间还可以那样。有时她真想把身边男孩的裤子一把拉下来，看看他们究竟有何秘密可言。

但她毕竟没有这么做。

王楚洁的脾气开始变得异常暴躁，动不动就用脚踢人。王楚洁以为同伴会一个个舍她而去，但没有。王楚洁越粗鲁，他们就越对她推崇备至。他们还在她“魔女”的诨号前，加了两字：鬼脚。这样王楚洁就成了“鬼脚魔女”。因为王楚洁一动怒，想也不想，就拿脚朝他们的下体踢。

王楚洁在外面越玩越晚。有时深夜，同伴们都回家了，王楚洁还一个人在街上溜达。她把易拉罐踢得咕咕咚咚滚着，让响声吸引陌生的行人。有人表情茫然地望着她，她也就表情茫然地望着对方；有人瞪她一眼，她也就回瞪对方一眼。

王楚洁心想，那些坏人呢，那些专门拐骗小女孩的坏人呢？怎么就没有一个找上她？如果他们找上她，只要说一声，她就心甘情愿跟他们走，让他们蹂躏之后，再把她活活掐死。这样她就用不着再回到那个讨厌的家了。可这个社会真清明啊，警察太多又太敬业，坏人出来做坏事的机会实在少之又少。

有一天深夜，同伴们陆续散去，只有初一丙班的大宝还跟王楚洁同一段路，王楚洁突然说："大宝，我们去看录相。"

大宝诧异地望着她说："好晚了。"

王楚洁说："你不敢去！怕你爸打屁股。"

大宝说："你别激我，去就去！你买票！"

王楚洁看着他怪怪地一笑。刚才经过野马录相厅门口时，王楚洁见今晚午夜场放映的是：春城淫妓。王楚洁不动声色地把大宝往野马录相厅带，不动声色地买票，然后不动声色地看着大宝。

大宝比王楚洁小一岁，他肯定从没来过这种地方，他一脸惊惶。王楚洁冷笑着往里走，大宝只好硬着头皮跟她闯进去。这是王楚洁第一次看全一场黄片。那些场景给她的感受，她无法用语言形容。看完后，王楚洁感觉自己突然长大了许多。

大宝跟着王楚洁从录相厅出来，看也不看她一眼，就在深夜清冷的街头飞跑起来。他咚咚咚咚的脚步声，一会儿就响远了。王楚洁冲着他哈哈大笑起来。笑着笑着，她突然感觉肚子好疼，就捂着肚子蹲了下来。

随后的晚上，再在街上找乐子的时候，大宝总离王楚洁远远的，保持一种警惕的距离。王楚洁似笑非笑地看着他，他的脸就绯红绯红的。

王楚洁心想，我就从他身上开始探秘好了。然而，王楚洁却一直没有机会。大宝再不肯与她单独走在一起了。王楚洁不知道女人究竟要怎样才能走近男人。王楚洁心想也许等到夏天就好了。因为她的胸脯已有大颗草莓的模样，夏天她穿背带裙，里面一定显了一些山，露了一些水。录相里的男人都喜欢盯着女人的胸脯看，王楚洁不知道大宝对她的胸脯有没有兴趣。

到了夏天，王楚洁正要穿背带裙的时候，医院太平间的女尸再次遭损。

这次不单单是丢乳房肚脐外阴和头，有的连手脚躯干都被人切走了。重案大队的民警又全体总动员。

苏芳说什么也不让王楚洁夜晚出去。

王楚洁自己当然也有些怕。而她即使出去，大宝和其他同伴也一定不在外面。白天他们就告诉过她，夜里他们不出去。王楚洁只好每天待在家里陪着苏芳。

而王泽荫呢，又去做他的本职工作了。这回全市的尸检法医全都派上去了，由王泽荫负责牵头指挥，成立了专案法医小组。目的就是从这些尸体中找出有利于破案的蛛丝马迹。他妈的犯罪嫌疑人做了这么多次案，难道没有在现场留下一点线索？这个案子虽然不是杀人案，但其影响力甚至比杀人案更大，公安部的领导发话了：就是掘地三尺，也要把犯罪疑嫌人挖出来！

王泽荫带领他的尸检小组没日没夜，使出了浑身解数，最后得出如下结论和疑问：

其一，被损女尸都是猝死。大多数是交通事故，也有自杀的。被损女尸的血型都是O型，生前其身材面貌都是千里挑一的人物。被损时间都是女孩猝死四小时之内，很多居然赶在了死者家属知道之前就动手了。而要想把以上这一切条件都凑齐，以一个人之力根本就办不到。所以他们也许是一个团队，甚至是一个跨国黑社会犯罪组织。至于被盗肢体的用途，有可能是为了运出境外，进行买卖。O型血型容易与其他血型匹配。

其二，犯罪嫌疑人或团伙对案发现场似乎非常熟悉，尽管有些医院的太平间有监控系统，但案发之时，探头无一不被破坏。所以没有任何录相拍下过犯罪嫌疑人的任何行踪，哪怕是一个背影，一片衣角。再是犯罪嫌疑人或团伙具有非常强的反侦察能力，现场没有留下任何指纹、唾液、血液、指甲或毛发，甚至连值得怀疑的鞋印都没找到。

其三，不排除医务人员和警务人员与境外黑社会勾结贩卖人体肢体或内脏的嫌疑。

其四，建议重点排查医院当事人及交通、治安、刑侦方面的警务人员。重点防控机场，以防肢体内脏被运出国外。全面监控市内各大医院甚至是临时诊所，特别是民营医院，看近期有没有肢体或内脏的移植手术。

写完以上结论和建议，王泽荫如大病一场，躺在床上睡得像个死猪。而他的同事们则齐齐出动，四处搜索，互相排查，风声鹤唳，草木皆兵。

……

这事一闹又是三个月，但案子却没有多少进展，医院里没查到内鬼，最后只撤掉出事太平间里的临时保安。公安局也没查到内鬼，最后只换掉了几个平时吊儿郎当的协管队员。飞机场没找到肢体，火车站没找到肢体，汽车站没找到肢体，所有的旅客却被盘查得怨声载道。国营医院、民营医院的肢体或内脏移植手术每天都有，但肢体和内脏的来源都记载得清清楚楚，根本就与这些损尸案没有任何关系。最后公安机关只能拿一些小诊所出气，查封了一批不合规矩的小诊所、小门诊部。至于他们是不是在半夜三更为神秘病人做了肢体或内脏的移植手术，只有天知道。各级头头脑脑都气急败坏，张龙援焦头烂额，差一点也要引咎辞职了。好在上面的头头这回不接受他辞职，他才留下来。也是的，如果都这么辞职下去，刑侦大队长的位置岂不是无人能坐？

那年秋天，雨一直下……

一直下……

一直下……

雨下得王楚洁一点出门的机会都没有。她像笼中的一头困狮，在卧室里兜来转去，感觉自己的身体正在发霉，而发霉的身体却到处长出意念和幻想的菌芽。而那时王泽荫为忙案子，晚上基本不在家。偶尔他回来，就在客厅里放色情片和恐怖片，或者是带有色情的恐怖片，或者是掺杂恐怖的色情片。谁都不知道他这是要放松神经，还是要让神经变得更紧张。或许这些恐怖色情片，对他来说，仅仅只是生活的一种消遣。

苏芳对这一切开始安之若素。她看上瘾了。王楚洁则接过苏芳的 MP3，到了晚上她就用耳麦把自己耳朵堵上。

王楚洁听各种各样的季风一般的流行歌，港、台、欧、美，都听。不想睡的时候，王楚洁就听点缠绵悱恻的；想睡的时候，王楚洁就听击打乐，她喜欢那些重金属的音乐在头脑中砸打的声音，头脑就像一块重锤之下的薄铁，砸着砸着，就给砸麻木了。然后空空荡荡的什么也不想，然后意识就飘浮起来，再然后整个人就恍惚了，往往不等一轮歌曲放完，她就沉沉睡着了。

有一天深夜，王楚洁从梦中惊醒，她举头看看床头柜上的闹钟，发现已是凌晨三点多了。而旁边苏芳的床上却没人。然后她听见客厅里传来奇怪的声音，低低的，沉沉的，像母兽在暗吼。她想，王泽荫又放什么怪片了？王楚洁转动一下身子，想再睡。可睡不着，客厅里闷雷般的呻吟声夹着母兽的低嚎，一声声让她的头脑越来越清醒。

王楚洁便悄悄坐起来，趿着鞋，轻轻走到门口，把门拉开一条缝，再把眼睛贴近去。

客厅里的情景让她惊呆了……

电视的男女在做爱，王泽荫和苏芳也在做爱！他们就躺在客厅的沙发上，苏芳仰躺着，王泽荫半跪在沙发前。时不时的低嚎声就是由苏芳发出的！而那一声声暗雷般的呻吟，则是由王泽荫发出的。

王楚洁完全不知他们什么时候由对抗真的走向了“统一”。

本来父母能有一场水乳交融的性爱，王楚洁应该高兴才是。可那晚，王楚洁感到一切都怪怪的，客厅里的灯很暗，逆光的王泽荫有两个重影，一个是他自身，墨汁一般凝重；另一个是他的真正影子，很淡很飘很散，从地上一直拖到墙上，像一块巨大的黑色悬浮物，在夜风中晃来晃去。

而顺光的苏芳，王楚洁只能看到一堆白色的不真实的肉体，像一堆虚幻的泡沫，像王泽荫所叙说的被解剖了不整齐的女尸。

躺着的苏芳好像一直想站起来，所以隔不了一会儿又伤筋断骨般地跃起来。搂着王泽荫的脖子往下按，并发出一声母兽般的低吼。

而王泽荫显然并不想让她处在上面，所以每一次她跃起来的时候，王泽荫就抓着她的肩膀使劲地摇晃，并低声喝道：“骚货！别动别动！叫你别动！”

王楚洁都怀疑苏芳的肩胛骨要被王泽荫抓碎去。但苏芳并不肯妥协，依然要把他扳下去，后来王泽荫抬起手给了她两记耳光，王楚洁以为苏芳要么会暴跳如雷，要么会放声恸哭，但苏芳的表现出乎了王楚洁的意料。

她发出一串的“啊啊”声，一副非常满足非常痛快的样子，然后她就顺从王泽荫，死人般的一动也不动。

……

王楚洁站得全身都发凉的时候，王泽荫才躬身一颤，然后像一截木头一样倒在苏芳身上。王楚洁心惊胆战，蹑手蹑脚退回到床上。一双眼睛在黑暗里再也闭不上了，她问自己：苏芳与王泽荫这样的活动究竟有多少次了？同不懂王泽荫一样，其实她也一直不懂苏芳。苏芳怎么就向王泽荫妥协了呢？

第 24 章
谁接二连三盗取人体器官?

刹那间的灵光一现，张龙援突然想起了一年前那些女尸被损案。女尸案一经从他的头脑里冒出来，他内心不禁打了个寒战。“其三，不排除医务人员和警务人员与境外黑社会勾结贩卖人体肢体或内脏的嫌疑。”这是王泽荫自己做的结论。天！不妨来一个大胆的推测：如果王泽荫是这些女尸被损案的主谋，那会如何？如果真是他干的，这一切才会那么天衣无缝啊！

去！不能就这么放过那个合资医院。他们既然敢把王泽荫这样的剖尸男人当作秘密武器使用，说不定还做过什么见不得人的勾当！张龙援把自己的推测向刑侦重案大队的同事们一说，大家都惊愕不已。觉得他几乎是疯了，怎么能单凭臆想，就把这样的大案栽到自己一个同事的头上呢？如果女尸案真是王泽荫干的，那么他们刑侦重案大队今后还怎么在“江湖”混哪？可随着调查的深入，王泽荫越来越不像他们印象中的那个他了……

只有肖雄对张龙援的这个推测，击掌夸赞。他几乎不假思索就列出了王泽荫与那家合资医院在女尸案上有重大嫌疑的理由：

其一，既然王泽荫受聘于那家医院，他们为什么不敢将王泽荫以真面貌示人？显然是不想让外界知道他们医院在公安内部有人。

其二，按宋子新的说法，王泽荫每个月只在那医院逗留两三次，每次时间不超过四个小时，他年薪凭什么拿三十万啊？他们刑侦队的人累死累活，年薪不过区区三万！

其三，如果正式加盟医院，他的年薪就可以拿到五十万，除非是个傻子，才会放弃这样的机会。王泽荫显然不是傻子，他之所以没辞了刑侦队的工作，难道不是院方想利用他现在这种身份吗？如果医院真想在一些热气腾腾的鲜尸上切几块下来换大钱，王泽荫这种身份的人不是最方便、最合适了吗？也只有这样做，王泽荫才显得“物有所值”，要不然，他凭什么年薪三十万哪？！

听他这么一分析，刑侦队的人都有种醍醐灌顶的感觉。大家摩拳擦掌，跃跃欲试，恨不得立刻跑到那家合资医院，掀个底朝天。

这次案情分析会张龙援并不想让王楚洁知道，但当专案组的人从案情分析室里涌出来的时候，王楚洁就站在大门的右侧。她的头和背部都靠在墙上，一只脚提起来抵在墙壁上。张龙援见到她的时候，她一脸的无表情，眼睛望着天花板。

张龙援搔搔头，有点不好意思，问：“你来多久了？”

王楚洁说：“没多久。但该听到的都听到了。”

张龙援说：“我们也不想这样……”

王楚洁没说话，只冷笑一声。张龙援说：“你就在队里待着吧，我要走了。”

王楚洁又是一声冷笑，说：“亲爱的张大队长，什么事都亲力亲为，有没有这个必要呀？那些搜查的事，就让你的喽啰去干吧，现在你不妨也听听我甲乙丙丁地说几条吧。”

张龙援疑惑地望着她，王楚洁说：“我不能排除王泽荫的嫌疑，也不能排除那家医院的嫌疑，但我敢肯定，你们这时候去医院，肯定搜不出什么名堂来。”

“为什么？”

“因为那些被盗走的肢体肯定不是在那家医院做移植手术。”

“继续说。”张龙援歪着头，一副虚心就学的模样。

“宋子新是吧？上次你调查的那个医生，也就是王泽荫的大学同学叫宋子新，对吧？我们先来分析一下他这个人。按道理，宋子新作为王泽荫的推荐人，如果女尸案与王泽荫和他们医院有关，他很可能是直接参与者。如果他是直接参与者，那么那天他根本不会对你们说那么多，一副知无不言、言无不尽的模样。”

“嗯？”

“如果他不是直接参与者，那么有关王泽荫的消息，院方也就不可能让他这个大嘴巴知道得这么清楚。就是说，他不是参与者，也肯定不是知情者！”

张龙援点点头，说：“有道理。”

“重要的是，你们忽略了一个细节，被损女尸都是年轻美丽的女孩，这一点很重要。我承认，美女也是常人，也有出事故的时候，一旦出了事故，王泽荫，或者说‘王泽荫’们就有可乘之机。问题是，哪有这么巧？这边美女刚出事故，那边就有美女等着要更换身上的零件？他们总不能把一截年轻美丽的肢体安装在一个糟老头子或一个老太婆身上吧？”

真是百密一疏。张龙援的脸慢慢红起来，他再次感觉自己有时还不如一个小孩。王楚洁接着说：“只有一种可能，就是这边有美女需要进行移植手术，那边有人故意制造交通或意外事故！可王泽荫再怎么歹毒，也不会走到这一步吧？”

张龙援浑身一颤。

假如王泽荫真的走到了这一步，那又作何解释呢？他是为了钱，还是为了炫耀他高超的医术？要不就是为了满足纯粹变态的心理需求？天哪，这个社会太可怕了，人与人之间这种推测太可怕了。甚至，身边的这个半大不大的女孩也变得可怕起来。她怎么看都不像一个十三岁多孩子，早熟得实在太可怕了！

张龙援并没有去医院。

因为他认同了王楚洁的观点：就算王泽荫和那家医院有嫌疑，也不可能会搜出什么东西。事实上正是这样：肖雄他们突然袭击，在医院翻江倒海，可就是没查到半点可疑的线索。肖雄甚至找到了当年承建这家医院的建筑公司，并且找到了这家医院的建筑图纸，想看看这幢建筑有没有暗室、地下室、壁中室、室中室什么的。可结果仍是一无所获。

如果女尸案真与王泽荫有关的话，那么那些年轻美丽的肢体究竟被运到哪里去了呢？哪里才是她们的归宿呢？如果这些肢体真的流落海外了，那王泽荫纵有滔天本领，他也享受不到这种移植技艺的快感呀？！可以肯定的是，他从没出过国。

不过也难说，如果真有黑社会给他撑腰，那么要搞一套假身份证、假护照，根本不是难事。就是他自己，也可以做到。而现在的交通真是太方便了，三天时间一个来回，可以到达世界上任何一个地方。

哎，或许是自己神经过敏了，女尸案就暂且放在一边不去管它。现在的任务是尽快把王泽荫挖出来。但愿这时候的他，没有在国外某个海岛上悠闲地晒着阳光，要不然，他们真是白忙了。如果说以前还可以根据人性分析什么的来破案的话，那么在这个案子里的人性成分已显得太复杂了，复杂的人性像一团乱麻把专案组的警察捆得束手无策。只有在侦查这样的案子时，张龙援才恨不得每一个刑警都是精神病理学家、社会学家、心理学家的结合体。未必王泽荫买那么多的书，就是为了装备自己，成为一个最优秀的刑警？

张龙援头都大了。

如王楚洁所料，肖雄他们在那家合资医院果然颗粒无收。一队人马垂头丧气地回来，正准备吃晚饭，宋子新却打电话过来，说有新的情况需要反映。这让张龙援颇感意外，白天肖雄他们把他们的医院都弄得翻天覆地了，他们居然还以德报怨？难道仅仅为了洗脱自己的嫌疑？

张龙援放下手中的快餐盒，抢过肖雄的手机。宋子新在手机里说，关于王泽荫，他实在想不起他有什么可疑的情况需要汇报，但他有一举动让他觉得奇怪，他曾目睹王泽荫在医院的办公室里给自己放血。以前他以为王泽荫是义务献血。刚才他询问医院血液科，血液科说从没收到王泽荫的献血。如果王泽荫不是为了献血而放自己的血，那就不知他是为什么放血了。他不知道这个信息对专案组是否有用，但不管有用没用，他觉得还是有必要向专案组的同志报告一声。

张龙援对他提供的这一消息表示万分的感谢，说这个消息非常重要。待宋子新喜滋滋地挂断电话，张龙援自己却陷入一片茫然之中。王泽荫行事太诡秘了。自己抽自己的血算是他众多诡秘事件中的一件，至于这件事是否重要，他一点头绪都没有，且不管它。

休息了一个晚上，张龙援重整旗鼓，决定再次围绕胜利广场做文章，这回他扩大了搜查范围，连胜利广场南边的居民区都没放过。

“虽然王泽荫不太可能把车停在胜利广场，再徒步穿过一条宽阔的马路去南边居民区，可他万一这样做了，那又如何？总之，我们不能放过任何一个可能藏身的地方。”张龙援在会上这么说。

他说这话的时候，王楚洁就坐肖雄身边。今天的案情分析会，张龙援让王楚洁参加了，他似乎已把她当作他们刑侦大队的实习生了。他一会儿把王楚洁当作毒杀苏芳的犯罪嫌疑人在对待，一会儿又把她当作未来的警官在“培养”。要说神经，张龙援也算得上是一个不折不扣的神经。但他当了大队长，他手下没人敢骂他神经病。

王楚洁突然站起来，并把手举得高高的。张龙援狐疑地看着她：“洁妹子，你有什么事？”

王楚洁说：“肖雄说，珠穆朗玛峰也可能是王泽荫藏身的地方。”

她的话才说完，众人的目光唰地一齐射向肖雄，如果目光是箭，肖雄早成刺猬了。肖雄哪料到王楚洁会来这一招啊？他才这么咕嘀了一句，就被王楚洁当场“揭发”了。肖雄的脸刹时变成了红苹果，他张开嘴：“我……我……我哪有说啊？！”

王楚洁冷笑道：“你就说了！”

“你放屁！”

“明明是你说的话，怎么说是我放的屁呢？”

众人哄堂大笑。张龙援喝道："洁妹子，别捣蛋了，这里不是你闹着玩的地方。"

王楚洁撇撇嘴说："狗咬吕洞宾。"

肖雄冲她挤眉弄眼起来。张龙援又喝一声："肖雄！"

"有！"肖雄应声而起。

"我命令你立刻离开办公室，买一张去拉萨的飞机票，珠穆朗玛峰就由你负责搜查。"

"好咧。"肖雄应道。说罢，做了个鬼脸，捂着嘴巴，敛着头又坐下来。众人又笑。

"讲怪话谁不会？！有意见当面提！这不是案情分析会嘛！我又没搞一言堂！你肖雄有什么高论，当着大家的面说啊，干吗在底下叽里咕噜？！"

肖雄站起来，大声说道："我觉得王大哥不可能在胜利广场南边，我们去搜南边，就好比缘木求鱼！"

"还有要说的吗？"

"没有了！"

"那你坐下！"待肖雄坐下，张龙援环顾周围，说，"我就不请大家一一发言了，要不要搜查胜利广场南面，请大家举手表决！"说罢，他自己首先举起了手，然后是副大队长举起了手，再然后是教导员举起了手……一分钟后，除了肖雄，所有的手都举起来了。

王楚洁用肘碰了碰肖雄，说："我站在你这边，你看我没举手。”

肖雄握着她的手，做感激涕零状，说：“洁妹子啊，真是路遥知马力，日久见人心啊！”

张龙援叫道：“肖雄，你胡闹够了没有？”

肖雄脸上戏剧化的表情立即换成一脸严肃，他冷冷说道：“这不是民主，这是变相的一言堂。”

张龙援说：“那你要怎么样？”

肖雄说：“这种事，无记名投票最好。”

张龙援说：“好啦，你以为选国家主席啊？你反对，你不去就是！”

肖雄说：“我没有说不去。”

张龙援说：“那好，既然你没说不去，那就由你带几个兄弟去搜南边。记住，别偷懒，出了篓子，我唯你是问。”

肖雄一脸的不愉快，说：“好吧。”

这对男人虽然互相斗嘴厉害，但彼此还是惺惺相惜的。要不然张龙援也不会让肖雄搜查胜利广场南边。这是一种信任。他知道肖雄虽然反对，但一定要他做，他会做得很好。至少比在座的其他人要好，要不然张龙援不会这么安排的。昨天搜查医院虽然没有结果，但从搜查的步骤来看，肖雄做得很好。

现在肖雄想换一种搜查方法。

肖雄带着几个刑警去胜利广场南边区域搜查。他首先把南边几家宾馆的保卫科长召集起来，看看他们宾馆有没有长包房。肖雄知道，这个市里有些警察，利用自己手中的职权，在一些宾馆长期占有房间。但王泽荫不属于这类。在胜利广场南边的几家宾馆里，只有一个户籍民警在云阳宾馆长期占有一间客房，也不知是做什么用的。

接着肖雄召开了辖区内的街道主任、户籍警、治保主任会议，要他们再去召开小区各幢各片的负责人会议，主要是看有没有警察在他们那幢或那片买房租房。肖雄的意思是，王泽荫在租房或买房的时候，一定没有隐瞒自己警察的身份，因为把警察的身份亮出来后，多少对砍价有利。把这些布置下去后，肖雄就开着王泽荫停在胜利广场上的车四处转悠。

这也是经过张龙援批准了的。因为守株待兔这一招，好像不怎么管用。在王泽荫的警车旁守了这么多天，连王泽荫一根汗毛都没守着，蹲点组已完全绝望了。他们开玩笑说，如果张龙援再让他们守，那他们就集体自杀算了。这么多天卵事不做地守在那里，自杀已成了最有趣最快乐的事情。

这时候，肖雄向张龙援建议，把王泽荫的车开出来在四周转悠，看有没有人认识这辆车。弄不好有人会向这辆车打招呼。那他们也可趁机找点新的线索。当然，肖雄开着车，也不是单纯地转悠，每到一个地方，他就打听各片各幢的地下室或仓库什么的有没有出租。

如果有，他都要亲自上门察看一番。肖雄显然怀疑王泽荫躲在了某个地下室或废旧的仓库里了。

张龙援对他的这种想法很感兴趣，问他为什么会想到王泽荫是藏在地下室或废旧的仓库里了。肖雄神经兮兮地说："凭直觉吧，我发现，这两年，王哥脸上身上总有一种挥之不去的破败感，我现在怀疑他是在一种破败的地方待久了的缘故。呵呵，头，见笑了。"

张龙援听了他的话，一点也没有想笑的意思。他若有所思地点点头，说："这种破败感，我好像也有点印象……很多时候，他的确一脸死相。"

肖雄的这种搜查法被张龙援在胜利广场四周推广开来了，对于已经搜查了几遍的胜利广场的东西北三方，张龙援让大家重点搜查地下室、仓库和顶楼阁楼之类的场所。

第 25 章

落花般的眼泪打在无法申辩的肮脏上

王泽荫出过事，苏芳出过事，如果王楚洁不出事，那岂不与这个家庭格格不入？

王楚洁出事还是同一篇报道有关。如果不被报社公开，这种事不过是隐蔽日常生活的一些小浪花而已。可事情一旦公开，就成大事了。就像是青萍之末的微风，一下子就掀起了轩然大波。

记者王小麻似乎与王家有缘，当年给王泽荫写报道，让王家陷于了万劫不复的境地，现在这个王小麻又给王楚洁写报道了。当然，这篇报道不是主要写她的，甚至连她的名字都没有点出来。这篇报道主要是写一个张秋庚的老头。报道的其中一段是这样写的：

……老头姓张，叫张秋庚，今年69岁，长得慈眉善目的，在某学校门口摆摊已有七八年了，孩子们都亲切地叫他张爹，而张爹却是一条老谋深算的大色狼。他利用孩子们年幼无知的特点，常常用些小利小惠诱惑女孩子去他家……

孩子的年龄从9岁到13岁不等，含苞的花蕾就这样被摧残了。也不知孩子的父母为什么这样大意，竟没发觉自家孩子的异样？以致后来有几个孩子每星期都要去一次张家，换取一二十元零花钱。如果不是邻居告发了这位独居的行事乖僻的老头，还不知有多少幼芽将遭到他魔爪的摧残……

王楚洁，就是记者王小麻笔下被摧残的对象之一。

在这篇报道中王楚洁虽是用了化名，叫王可心。可报道上明明白白地写着，王可心的父亲是法医，母亲是护士。这样的报道别人看了，不一定知道王可心是谁。可苏芳看了，就一目了然。苏芳知道这事后，有一天没吃东西，有三天没上班，有一周时间不与家里的另外两个人说一句话。

事发后，王楚洁被杨家岭派出所的民警带到了所里问话。是王泽荫把她领出来的。

那个所的所长与王泽荫很熟，王泽荫把女儿领出来时，那个老所长什么也不说，只用手摸着王泽荫的肩膀，轻轻拍着。

王泽荫被他拍得咬牙切齿，等所长一转身，他就一巴掌把王楚洁打得摔出老远，不等王楚洁爬起来，又冲向前踹了她两脚。

一直以来，王泽荫都是掀王楚洁耳光，但这一回，他把脚也用上了，而且用了很大的劲。一脚下去，王楚洁感觉软的肠子和硬的脊柱都被他踢断了。王楚洁捂着肚子在地上滚，王泽荫又坚忍地朝她的屁股踹了一脚。

要不是那个老所长看不过去，拉住了他，他也许还会踢。如果他再要踢，王楚洁这条小命很可能就保不住了。

从派出所出来，王楚洁在医院躺了三天。她被老爸踢得嘴巴出血了。嘴巴出血还不是口腔里的血，而是内脏里的血。主治医生开始还以为是仇人所为。痛楚中的王楚洁及时纠正了她这种想当然的猜想。知道事情真相后，在整个三天的治疗过程中，主治医生没有与王泽荫说一句话。她对王楚洁说："你父亲连畜生都不如！"

王楚洁粲然一笑："你别这样说我老爸，我觉得他踢得没错，踢得我很爽。我一直没看到他后悔的表情，这一回看到了。"说罢，王楚洁朝王泽荫坐的地方努了一下嘴。医生顺着她努嘴的方向看去，发现王泽荫正用双手捧着头发呆，十指插进头发里。

王楚洁的这次住院，并没有住在苏芳所在的医院。也许王泽荫觉得不好意思吧。如果苏芳的同事问他是怎么回事，那他该如何回答呀。

三天里，苏芳根本没去医院看女儿一眼，她班也不上，一直关着门，坐在家里发呆。色情片本来是可以治疗内伤的，但三天时间，苏芳没看一下色情片。不但没看，还把家里所有的色情片都销毁了。

医生问王楚洁：“你妈怎么不来看你？”

王楚洁脱口而出：“我没妈，我妈在我 8 岁时就死了，现在我都 13 岁了。”说完这话，王楚洁眼泪泫然而下。扑簌扑簌，一颗一颗像落花般打在衣襟上。

其实事情并不像王小麻描写的那样。在王楚洁看来，老态龙钟的张秋庚根本就不是一个辣手摧花的淫贼。别的女孩接近他是出于什么目的，王楚洁不清楚。但王楚洁接近他，一方面是出于好奇，一方面是为了捉弄他。

王楚洁早就听低年级的女生说过，张秋庚这个老头挺奇怪的。总喜欢跟一些小女孩玩一些奇怪的游戏。有一天，王楚洁去他那买支铅笔，发现他色眯眯地盯着她的胸脯看，这让王楚洁的内心既紧张，又有某种成就感。这是第一个注意她胸脯发生细微变化的男人，尽管是个老男人，但王楚洁还是有些被受关注的激动。

后来，王楚洁又去他那儿买了几回东西。

星期五下午，他终于邀请王楚洁去他家玩了。王楚洁心里有些慌乱，她听说过他与那些小女孩玩的内容，但她并不怕他。王楚洁心想，他一个老头，不会比她的力气大多少。她跟王泽荫学过几手防身术，他若敢逼她做不情愿的事，她就出其不意，攻其不备。让他偷鸡不成，反蚀一把米。

张秋庚其实是一个温和的老头。他的房间很破旧，他剥漆的家具让人看着看着，就会产生同情心。住这样的破房子，心里一定非常凄苦，隔三岔五，甚至还会有绝望的情绪产生。王楚洁一进门，就对他寄托了说不出来的哀愁。

张秋庚倒了一杯热水让她喝，王楚洁端起那个打了补丁的瓷杯看了看，没有喝。

事实上，她来这里究竟想干什么呢？这会儿王楚洁自己也不太确定。她一颗心在胸膛里扑棱棱地乱撞，像受惊的鸽子。而且不止一只，是一群。她的胸膛乱得像法国巴黎的某个鸽子广场。

张老头突然说他身上有点痒，要王楚洁帮他抓一下痒。王楚洁现在才知道自己来这里的目的。一直没机会了解大宝，今天她是来探秘的，她真的很想知道大人的鸡鸡与小孩的有什么不同？……想到这里，王楚洁浑身一哆嗦，转过身，逃也似的跑了。

王楚洁只去过一次张老头家。并没拿张老头的零花钱，也没拿张老头任何东西。可张老头被邻居告发后，还是把王楚洁给供出来了。

后来当王楚洁面对派出所的民警时，王楚洁才发现在强大的国家机器面前，张老头不招供那几乎是不可能的。

其实，张老头并没有让王楚洁有受辱的感觉。王楚洁觉得自己那只是在了解一些生活真相而已。真正让王楚洁感到侮辱的是在派出所的传讯室里。两个办案民警问的都是一些什么鬼内容啊！

“你与张秋庚有几次了？”

“你是否是自愿的？”

“说说你当时的感受？痛不痛？有没有出血？”

在这以前，王楚洁已经很少哭了，可那天在派出所的传讯室里王楚洁却哭得一塌糊涂，她使劲地摇着头，什么也不说。办案民警就叫她不要怕，说他们一定要找到足够的证据，将这个可恶的老头送上断头台！

王楚洁突然擦了眼泪叫道：“我是自愿的！你们少管！！”

两个民警就看怪物似的看了她半天，然后邪邪地笑起来，说：“你这是在卖淫，知道不？！”

王楚洁说：“卖你妈的淫！”

一个民警冲上前要揍王楚洁，另一个民警忙扯住了他，说：“这样的坏妖精，让她父亲来收拾她！”

王楚洁就说：“你们敢让我父亲知道，等我出去后就叫人砍死你们！”他们望着她，仰头大笑起来。下午王泽荫就来了，并且把她踹了个内出血。

从医院出来，王楚洁决定找记者王小麻“玩玩”。

王楚洁打114查询晚报的电话，再查询晚报政法部的电话，再查询王小麻的手机。好，查到了。原来王小麻只是笔名，真名叫谢玉。笔名显然是从这个“玉”字演变而来的，把玉字拆开，就成了王一点，这一点像一粒小麻子，便是王小麻了。清清秀秀的真名他不用，他偏要用一个难听死了的笔名。王楚洁心想：现在我要你小麻变大麻，大麻变大便！

“请问是王记者吗？”

“嗯哪？你哪位？”

“我……我……张秋庚案是你写的吧？”

“对啊。”

“你写得真是太好了，像张秋庚这样的恶棍早该绳之以法了。我……我也是其中一个受害的女孩，可他并没说出来……”

“哦？你是想……”

“我想找你聊聊，我要让张秋庚彻底曝光……”

“好啊好啊，你在哪里？我马上去。”

“我在康乐年华酒吧，你要请客，我才讲给你听。”

“好，没问题，你等着我，我马上就到。”

王楚洁“嗯”一声挂了电话，然后毒毒地点了点头，眼睛里射出一束雪寒的光。嘿嘿，王小麻，你不是个很有“职业道德感”的记者吗？姑奶奶今天要你尝尝“暴风骤雨”的滋味。

康乐年华酒吧在华建大厦的十楼，王楚洁在华建大厦一楼的公用电话亭旁等他。半个小时过去后，电话响了，王楚洁抓起电话，果然是王小麻的。

王小麻说："我到一楼大厅了，你在哪里？"

王楚洁问："你穿什么衣服啊？"

王小麻说："我穿……这样，我戴了一副墨镜，长发，很好认的。"

王楚洁"哦"了一声。因为她已经看见他了，他就在她前面不到二十米的地方走来走去。王楚洁说："你上楼吧，我在楼上等你。"

说罢王楚洁挂了电话，然后朝身边的同伴使了一个眼色。同伴用手指放在嘴里，吹了一声清脆的口哨。其他同伴听了口哨，忙从大厅的各个角落，钻到电梯门口。电梯一停，就都钻了进去，王小麻也跟着他们进去了。他哪知道这些人每人的衣袖里都藏着一根短棍。

电梯关上的一刹那间，棍棒像爆米花似的在王小麻身上响起。王小麻哪招架得住呀，他一缩身，蹲下来，双手死死地护住头。他保护的地方显然是对的，妓女是靠屁股吃饭，而记者是靠脑袋吃饭，脑袋若被打坏了，记者这碗饭他还吃得成？

由于他捂住了脑袋，他甚至都不知道有哪些人在打他。电梯里另两个不相关的人也不知道这演的是哪一出戏。除了把身子贴在电梯壁上，目瞪口呆地看着这班少年从六楼的电梯口扬长而去外，其他啥也不能做。

一伙人走出电梯门口时，扔下这么一句话：“敢泡我的马子，你这是找死！”算是给王小麻一个交代。这也是王楚洁事前策划好的。这样一来，她就同王小麻一样，成了一个无辜的受害者。王小麻当然不会太笨，他会很快知道这不过是对方设的一个局。但要把对方查出来，恐怕得花相当长的一段时间。王楚洁心想：嘿嘿，就算查出来了，又奈我何？我还在受法律保护的年纪。再说，他把我家搞得这么惨，受点皮肉之苦也是应该吧？

世间诸物都是有报应的。王楚洁想让他明白这个道理。

王楚洁还想让他明白，他这个只知一味追求真相的猪头，并不适合做记者。

可王楚洁没想到的是，她的这一顿打，一下子把王小麻推进了“名人”行列。

王小麻真是太会炒作自己了。第二天，晚报的头版头条，就是王小麻遭毒打的文章。文章的标题是：《道义记者遭遇莫名毒打》。王小麻的光辉形象也上了报。他用白色的绷带把自己包得像一粒粽子。一伙人看了报纸，围着王楚洁说王小麻小题大做。他们信誓旦旦地向王楚洁保证，昨天他们根本没下这么重的手。

看着他们，王楚洁深深地叹了口气。王小麻既然这么炒作自己，他们这班人怕是要遭殃了。王楚洁说：“这段时间，我们最好化整为零，王小麻不会善罢干休的，我不想累及你们。”

果然，没多久，杨家岭派出所的警察就找到了王楚洁。看来记者遭毒打的案子也由他们办理。前些天王楚洁在派出所的表现也许太突出了，所以记者一遭毒打，他们马上就想到了她。

现在王楚洁不哭不闹，她用沉默与他们对抗。她知道，如果没有足够的证据，他们二十四小时后就会放人。王楚洁九岁时就懂这一条，谁让她父亲是警察呢。

民警见王楚洁行使了沉默权，盘问了一个小时，没问出名堂，就冷笑着扔下她，走了。

沉默比毒药更动人。这话是王楚洁从一首诗上读到的，当时她并不知它是什么含义。现在她知道了。她这时的沉默就比毒药更动人，她用沉默把审讯她的警察都毒翻了，再不敢进来审了。现在只祝愿时间快快地跑，快快地跑，跑过二十四小时，她就可以回家了。

正在王楚洁暗自得意之时，外面突然吵吵嚷嚷，审讯她的民警带进来了一班人。“嘿嘿，魔女，鬼脚魔女，你一个人在这里也许很寂寞吧，我们喊来了一班人陪你。”

王楚洁抬头一看，就看见平时一起玩的同伴全被他们推进来了。有个蠢家伙居然还不知道死到临头了，竟冲着王楚洁嚷道：“鬼脚魔女，你放心好了，我们什么也没说！”

王楚洁想：还要你说什么呢，只要把王小麻叫来一辨认，不就真相大白了？而警察既然知道把你们都找来，那他们肯定也会把王小麻叫来。哎，叫你们化整为零，你们怎么就不听我的话呢？

没多久，披着长发的王小麻真的来了，这回他没戴墨镜了。他身上和脸上像涂了亚光的油彩，那都是伤痕的颜色，但并无大碍。报纸上见到的满身绷带，现在一天不到，就一条都没有了。看样子，他照完报纸上那张相片后，就把绷带全解除了。

这会儿，王小麻意气风发，像盯着一箱富士红苹果那样，盯着王楚洁一个个忸怩不安的同伴。然后ONE BY ONE把肇事者挑选出来。王楚洁只能选择把眼睛闭上。秘密是一个人的时候，那就叫秘密。当秘密属于两个人后，就不叫秘密了。而他们这事，几乎有十几人知道，那叫什么？那叫公众信息。

警察没花一个小时，就把他们各个击破了。大伙儿你招供我，我招供你，很快，所有的泥巴都挖出来了。而王楚洁这只失去了泥巴掩护的萝卜，就这样暴露在光天化日之下。

王楚洁在陈述打人的理由之前，先提了一个条件，那就是王小麻得旁听。杨家岭派出所的警察同意了。王楚洁对王小麻说的第一句话是："你知道吗？你把我们家彻底毁了……"

然后她从王小麻曝光王泽荫的那起报道说起，一直说到现在，说得声泪俱下。但王小麻不为所动，他说王楚洁的理解完全错了，这事不能怪他，这事一点都不怪他。就算没有他，她家迟早也会出事的。不等王小麻说完，王楚洁一口唾液就朝他的脸上吐去！她真的好后悔把这些都讲给了王小麻听。

第二天，晚报在社会新闻版刊登了两则有关于王家的新闻。一则是《记者遭打事件真相大白》，另一则是《一个法医家庭的变故》。虽然王楚洁、王泽荫、苏芳的名字都没出现在报纸上，但凡是认识他们的人都知道那报纸是讲他们。

王泽荫和苏芳气得只想吐血，那会儿，连王泽荫都想拿枪毙了王小麻。在王泽荫看来，这个王小麻的无耻已到了登峰造极的地步。再不毙了他，还不知他会以寻求真相的名义戕害多少人。

这事已经过去了好几个月，王楚洁以为她家至少暂时平静下来了，谁知苏芳会一声不响地死去，而王泽荫则神情怪异地失踪了！

第 26 章
女神藏在地下室

肖雄立大功了！

肖雄居然把王泽荫隐秘的住所给找出来了！

就在胜利广场南边的一家像地下室又不是地下室的房子！

肖雄的推理非常正确，当他开着王泽荫的车子在胜利广场转悠的时候，有个中年男子朝这辆车子点了点头。肖雄等的就是这一刻，他赶紧把车踩住，从车子里弹跳出来。那男人愣了一下，不好意思地笑道：“认错人了……”

“没错没错！就是我就是我！”肖雄忙不迭地叫道。

“这车以前不是你开。”中年男人说。

肖雄抓住他的手臂，欣喜若狂，全身每一个毛孔都被激动塞得满满的。他急问：“你认识开这辆车的人？！”

中年男人不知肖雄怎么了，一脸惊诧地看着他，然后摇摇头说：“也不算认识，只是点头之交而已。”

肖雄放下他的手，平息了一下自己激动得过分的情绪，问：“你知道他现在在哪吗？”

中年男人说：“我怎么知道？我又不认识他，好长时间都没看见他了……”

中年男人是社区的夜间巡防队员，他曾多次与深夜来访的王泽荫碰过面，所以认识王泽荫的车，也认识王泽荫这个人，两人碰上了，都会点点头，算是招呼。巡防队员跟警察的工作范畴差不多，都是管社区治安的，点头招呼一下也是应该的。

巡防队员虽然不知道王泽荫住在哪里，但他偶尔有几次看到王泽荫的车子就停在马南街四十二号三幢前的坪内。而且还有一次，碰到他指挥几个搬运工正往里面搬一些看起来像医疗器械的东西。有了这条信息，肖雄信心大增。

按道理，这时肖雄应该向张龙援汇报情况，但他没有。他一个人把四十二号三幢的所有楼房都察看了一遍。很快就判断出王泽荫的住所就在一楼。一楼的房子像地下室又不是地下室。半截在地平面下，半截在地平面上，窗子紧贴着地面。肖雄趴在地上，试图透过窗子，看清房里的东西，但窗子被捂得严严实实，根本看不清。

肖雄就顺着阶梯往下走，当他接近一楼的大门时，身子霎时一震。他悄悄地退回来，然后压低声音给张龙援打电话：“头，我找到王哥的住所了。马南街四十二号三幢。你们快来！”

张龙援叫一声：“好，不要打草惊蛇，你要注意隐蔽。我们马上就到！”

肖雄说：“我知道。我一个人不是王哥的对手。不过他也许没在里面。里面太安静了，一点响动都没有。”

张龙援说：“不管在不在里面，你都要特别小心！”说完这话，张龙援开始集合他们刑侦大队的人马，并通知其他外查人员尽快赶到马南街四十二号。

傍晚时分，大批刑警纷纷赶到现场。这时微雨也从冥冥暮色中悄然而来。华灯被暮雨折射着，反射着，倒映着，把整个城市涂上了一层荒诞的色彩，雨使各种色彩变得夸张而又恐怖。色彩再也不能定型，而是不停地变化，不停地流淌，仿佛世界上任何色彩彼此都能直接过渡。

在流光溢彩的环抱中，马南街四十二号三幢四门一楼却铁门紧闭，幽冥昏暗。张龙援向前轻轻地扣了扣铁门，但里面没有任何响动。足足等了三分钟，大家开始喊门敲窗，但里面仍没有一点反应。

张龙援下令将大门砸开。

肖雄叫了一声慢，然后接过一个刑警手中的手电筒，往大门的锁孔照去。张龙援内心一震，马上看出端倪来了，他把挂在腰间的一串钥匙取出来，然后选出从苏芳梳妆盒里发现的那个最奇怪的钥匙捅了进去……

正好。

一拧，大门吱嘎一声开了。

张龙援回头意味深长地看了肖雄一眼，肖雄嘿嘿一笑。很多刑警都没明白这是怎么回事，王泽荫大门的钥匙怎么会在张龙援身上？但这会儿，大家也顾不及多问，一齐涌进房子，十几根光柱一顿乱照，大家忍不住惊叫起来。

肖雄找到墙壁上的开关，揿亮灯，橘红色的灯光一下子充盈了整个房间，众人又是一阵惊呼。

整个大厅就像一座制造工厂，里面说不出名字的仪器应有尽有。玻璃管子和橡胶管子从大厅各个角落的仪器出发，最后都通向大厅中央的一个很高很大的密封玻璃瓶。玻璃瓶里站着一个精妙绝伦的裸女。她的长发像散落在碧波中的水藻；她脸颊红润，眼皮轻合，睫毛低垂，像睡梦中一个美妙的精灵；她袅娜的身材胜过尘世间任何一个女人。一缕轻柔的白纱绕着她的双臂，顺着她光洁的背脊和臀部自然垂下。

所有的人都惊呆了！信息时代，互联网上的美女已看多了，看厌了，看得都产生了审美疲劳，世间无论多美丽的女子，看来看去，无非如此。可大家万万没想到的是，这地下室里居然还藏着一个如此美妙的女子，就像神话中的水妖、《楚辞》里的山鬼、伊甸园中的夏娃、神庙上的雅典娜、《山海经》中的女娲……总之，她的美已胜过尘世间任何一个凡人。

闯进来的众人完全被蛊惑了！大家思绪飘散，头脑混沌，意念丛生。很快就忘记了此行的目的，甚至都分不清今夕何昔。脸上普遍出现了梦游式的表情……

那瓶中裸女，这时似乎睁开了双眼，流转的眼波牵动每一个人的心魂。她微微一笑，像鸥鸟啄破了平静的水面；她滑如凝脂的身子似乎也在一点点复苏，然后她张开了莲藕似的手臂，修长的左腿轻轻一顶，她就如敦煌的飞天，腾空而起。圣洁的光芒笼罩了她的全身，耀得人都睁不开眼。

……

仿佛听到了来自天堂的召唤，所有人都不由自主地伸出了双手。极度寒冷的玻璃瓶让他们打了寒战，他们这才发现那裸女并没有腾空飞翔，而是被困在了瓶中的透明冰块之中。有人想找利器砸开玻璃瓶，但不小心被脚下的管子给绊了一下，只听到哗啦一声，大厅里一个器皿被摔得粉碎。张龙援心中一颤，头脑顿时清醒，他飞身抢到墙边，朝着电源开关砸了一拳。屋子里顿时一片漆黑。

岑寂，死一般的岑寂布满了整个屋子。满屋子的人好像突然消失了一般，屋子里静得甚至都能听到蜘蛛织网的声音。

大约过了五分钟之久，黑暗中有人小声地“喂”了一声，然后大家才七嘴八舌地议论开来，纷纷表示这间地下室太邪乎了，有人甚至现在都不知道自己身在何处。清醒过来的人，又按捺不住自己的好奇心，要打开手电筒再看一眼那瓶中的裸女，被张龙援一声断喝给制住了。

张龙援下令大家摸索着走出这个充满魅惑的地下室。大家听了他的命令，互相招呼着，手挽着手，走出了马南街的这个地下室。

雨还在继续下着。站在街雨中，张龙援思索片刻，一边向上级领导汇报了这里的异乎寻常的情况，一边命令肖雄带人找一块能把玻璃瓶完全罩起来的布匹来。

帝苏绸庄离马南街四十二号大约三公里，肖雄第一个念头，就是想去那里买一匹豪华的绸缎来。但他似乎不知道驾车了，梦游般一路摇摇晃晃，扭扭歪歪，把旁边的其他车子一辆辆吓得像受惊的甲鱼，团缩起来一动也不动。他的车则醉酒般地往路中心的隔离栏撞去，把隔离栏都撞坏了，惹得骂声一片。

四十分钟后，肖雄才从帝苏绸庄把一匹玫瑰红绸缎抱来了。张龙援看了看布匹的料子和颜色，皱了皱眉头，虽然不满意，但时间已不容许他拖延。他命令几个刚才还没来得及进地下室的民警，小心翼翼地摸黑进去，用这匹玫瑰红的绸缎把那个玻璃巨瓶遮得严严实实，再把灯打开。

但是当大家重新走进地下室时，所有的目光还是被中央的红绸缎给牵引住了，就连张龙援也不例外。大家跃跃欲试，个个表情捉摸不透，好像随时准备扯下红绸缎。张龙援一看形势不对，忙下命再次撤离地下室。

市公安局主管刑侦的赵副局长这时赶到马南街四十二号。与他同时赶到的还有三十名特警。张龙援跑上前去，凑在赵副局长的耳际说了一番话，赵副局长表情凝重地点了点头。略加思索，他开始发布命令：

一、专案组的刑警以及协助专案组办案的全体人马迅速撤离现场。从现在起，案子暂由防暴特警一大队接手。

二、进入地下室的特警，任何人不准接近大厅中央的红绸缎，违者立即开除出警队。

三、搜查地下室期间，由特警一大队刘大队长带十名警力作为警戒力量，不经批准，任何人不能进入地下室。

赵副局长把张龙援留下来了。他想让张龙援带队下去搜查，但张龙援拒绝了，他觉得自己还是留在外面的好。他的这个行为让年轻的特警很是瞧不起，他们想，就算有国际恐怖分子藏在里面，也没必要怕成这样呀。

王泽荫是特警队员在地下室的卧室里发现的。

他半死不活地依在卧室的一个角落，眼睛空荡荡地睁着，眸子里看不到一丝生机。手机就放在他身边，但他一直没开机。卧室的什物要多零乱就多零乱。主要是书，到处都是。估计王泽荫进来时有过短暂的暴怒，而他暴怒的表现方式就是拿书发泄。他撕掉了很多书，很多笔记，桌上的电脑也被他推落在地。整个房间就像一个废纸堆。

从王泽荫现在的样子来看，也许自苏芳出事后，他就没有离开这里，并且一直没吃饭。他胡子拉碴，双颊深陷，如果没有颅顶零乱的头发，他的头看起来就像一具骷髅。对冲进来的众人，他已经不能做出任何反应了，连眼珠子都不会动一下。

赵副局长以为王泽荫已经死了，他用手在王泽荫的鼻孔下探了一下，发现还有细微的鼻息。“快！快快！立刻送医院！”他忙不迭地叫起来。

四个特警忙架着他走出屋外，开车奔往医院。

送走王泽荫，赵副局长让特警们把王泽荫卧室里的书和电脑，以及其他什物，统统搬出来。至于大厅中的一切，他一时半会不知如何处理，因为这太复杂了，特警们根本就无法将这些奇形怪状的机器完好无损地拆除掉，他们甚至都不知道这是些什么机器。机器上的英文，也没有人认识。赵副局长久久地打量眼前柔曼的红绸缎。这时地下室的人，只有他知道绸缎下面是什么。也只有他知道绸缎里面的美丽与诡谲，他多想揭开绸缎亲自体验一下，看看里面的裸女是否有张龙援说的那么神乎。但他并没有这么做。从一线民警一步一步爬到今天这个位置，足以说明他是一个非常理性的人。一个理性的人通常是不会做出不理智的事情来。

盯着红绸缎，赵副局长下令撤退。他知道，这一去也许他一辈子都没有机会近距离目睹里面的东西了。遗憾当然是有的，但他不能为了这份虚拟的遗憾而去冒险。对眼前美丽陷阱一无所知的特警们高度紧张地进去，说说笑笑出来，他们真搞不懂张龙援他们为什么会把这事弄得如临大敌一般。整个地下室除了那些弯弯曲曲的管子有点奇怪外，其他并没有特别的地方啊。近似死人的王泽荫毫无威慑力，也毫无抵抗力，而用红绸缎笼罩的东西，从里面透露出的那份格外温馨和柔美的气息来判断，里面肯定不是一颗足以毁灭整个沙水市的定时炸弹。

赵副局长让特警一大队把从地下室搬出来的所有东西，都直接用车送到刑侦大队专案组。地下室被重新锁上。离开之前，张龙援又向赵副局长耳语了几句，赵副局长狐疑地打量了他一下，见张龙援满脸严肃，只好又点点头。回头他对特警一大队的刘大队长说："这里留十个人，由你带队。没有我的命令，任何人不准私闯地下室，违者当场逮捕。"显然是张龙援向他建议的。

刘大队长一脸的不解："为什么呀？"

"不为什么！把我刚才的话重复一遍！"赵副局长有点不耐烦，他甚至觉得张龙援在小题大做，但他毕竟是一个非常谨慎的人。不怕一万，只怕万一嘛。

刘大队长双脚一并，挺胸抬臂，叭的一声敬了一个礼："没有你的命令，任何人不准私闯地下室，违者可当场逮捕！"

"好，那你就记清了！"赵副局长头也不回地走了。

第二天早晨，紧急会议在沙水市公安局的局长会议室召开。大多数见过裸女的民警都被邀请过来了。同时来的，还有市政府和省公安厅的头头脑脑。

首先发言的是那些见过裸女的民警。领导们是想对红绸缎下的那东西形成一个大致的印象，再根据合理的揣测，弄明白昨晚到底发生了什么事。可他们根本就不能形成一个准确的印象，为什么？因为大家说的感受都不一致。一致的是，这个裸女具有极强的诱惑性，让见到的人，很容易迷失自己，而且无法控制自己的行为。这就是说，如果在那个裸女面前再站上十分钟的话，谁也不能担保自己会做出什么事情来。

"就像一束光把我给罩住了……"

"美，很美，美得让我将心底收藏了这么多年的忧伤，全部释放出来了……"

"……在她面前，我仿佛才脱离母体似的……"

"……像传说中的女神，很神圣的……"

"那时候，我只觉得自己就要死了，如果说她是女神，那大概是地狱里的死亡女神……"

"……她仿佛掌握了我的一切秘密和欲望……"

……

这样鸡一嘴鸭一嘴，真是不说还明白，越说却越糊涂，毕竟警察不是作家，对内心的感受，不能清晰准确地表达出来。各级领导满脑子雾水，根本做不出什么准确判断。

好，这暂且搁在一边不管，现在来说说裸女的来源。

市公安局局长对着张龙援嚷道：“我不管你们说东说西，你现在给我说说，这个女子究竟是怎么来的？！”

张龙援脸色凝重，摇摇头，说：“事实上她根本就不是一个人。”

“喂？她不是人那是什么？她难道还是神不成？”

张龙援一脸痛苦的表情，说：“局长，还记得两年前那些女尸肢体被盗案吗？”

“未必这个裸女跟那些案子有关？”公安局局长以前也是搞刑侦的，张龙援这话带有明显的暗示性。

“是的，如果没有什么意外的话，所有的肢体被盗案都已告破，作案嫌疑人就是我们队的法医王泽荫……”张龙援的声音低得几乎让人听不见。

“你可别乱说！证据呢？”在上级领导面前，公安局局长心里也有些发慌。

张龙援打开案卷，从里面拿出一叠纸来，提高声音说道：“这是特警队从地下室搬出来的，是王泽荫被撕烂的日记，昨晚我们专案组整理了一下。里面清清楚楚记载着他盗窃女尸肢体的原因、过程以及用途。”

公安厅厅长从椅子上站起来，说："究竟怎么回事？你快说！"

"我都不知道从什么地方说起，一时半会也说不清楚。"张龙援又摇了摇头，"如果他在日记里没有说谎的话，那马南街地下室里的那个裸女是他用被盗来的肢体组合而来的！"

这话把大家都惊呆了！谁能想到，一个天使般美若天仙、不可方物的裸女竟然是拼凑而成的。那这就意味着她的头颅是一个人的，躯干是一个人的，双乳又是其他人的。四肢、臀部什么的，也纷纷来自不同的人？

天杀的王泽荫居然就将它们拼凑上了，而且不知使用什么药物和冷冻技术将她保存得完好如初，这实在是太恐怖了！这种出神入化的技艺真是惊天地泣鬼神啊。这需要多么巧妙的刀法和目测啊！也需要寻找多少具女尸，才能把这个裸女搭配得浑然天成？！并且它居然还散发出迷幻的神的光芒！

哎，人世间怎么就找不到这样的女性呢？上帝的想象力怎么就这样贫乏呢？它造人时怎么就没想像这个模样造一个呢？这让所有见过这具裸女的人一辈子内心都会感到空了一块。

王泽荫为什么要这样做？！

从他的日记来看，王泽荫有一个疯狂的梦想，他要用自己的刀技，从死人身上复活一个灵魂，并且是一个世界上最美的灵魂。为此他实在是花费了巨大的功夫，一方面要寻找尸源，找到尸源后，还要短时间判断它的血型，然后将他需要的部分挖下来，转移，并迅速进行保鲜技术处理。另一方面，他还得付出昂贵的代价，从国外购买世界一流的医疗设备。

事实上，张龙援的直觉是对的，那家合资医院与这些案子的确存在某种关联。从王泽荫的日记里可以看出，马南街地下室里的医疗设备总价值居然高达千万元以上。这些资金几乎全部是合资医院美籍董事长提供的。这个董事长是王泽荫最疯狂的发烧友，他被王泽荫的宏伟计划弄得热血沸腾，他不图王泽荫其他什么，他只希望王泽荫一旦复活了这个拼凑美女，就由他来掌控。

事实上，王泽荫只是在利用他，王泽荫明白，他想要制造出来的东西，绝不是某一个人的奴婢，而可能成为人类的主人。只有她控制人，别人绝对控制不了她！这种意图，在王泽荫的日记里写得清清楚楚。

但事情进行得并不顺利。尽管王泽荫找到了全部O型血型的美丽肢体，并把它们拼凑得天衣无缝。他甚至还把自己身上的O型血液和从别处弄来的O型血液不断地输进裸女的体内，可最后，他却无力回天，凭他现在的医技根本无法将裸女复活！他只得将完整的裸女重新冰冻起来，以期将来科技进一步发达后，再将她复活。

两年来，这个城市的系列女尸肢体被盗案终于真相大白！这一系列案子的告破，让沙水市公安机关既觉得欣慰，又感到难过。欣慰的是案子终于破了，可以给各级领导一个交代了。难过的是，做下这一系列案子的竟是一个刑警。当然，难过中还有一种痛心，谁也不知道王泽荫究竟经历过怎样的心路历程，才使得他变得像现在这样神秘莫测。他的心也许一直在天堂与地狱间穿梭，留在尘世的，只是他的躯壳而已。

立即逮捕那家合资医院的美籍董事长！省公安厅长下达了命令。

但晚了，董事长发觉事情不妙，已于前天匆匆出境，回到自己的国家去了。事实上，这个可怜的家伙，除了耗资千万外，其他啥也没得到，他甚至都没进入过马南街地下室，看一眼那个他一直梦想复活的裸女。王泽荫借故说尸源还没有完全找齐把他拒之门外，事实上他是怕他被蛊惑。

被送往医院的王泽荫，最后居然奇迹般地活过来了，但神志不清，显然是疯了。他目光痴呆，嘴角流涎，一直反反复复说着一句话："我不要礼物，我不要礼物，我不要礼物……"他已经不认识身边任何一个人了。

张龙援把王楚洁带到医院，试图让她来唤醒他的局部记忆。

推开病房门的一刹那，王楚洁与王泽荫的目光正好碰在一起，王楚洁分明看见他的眸子亮了一下，她正要用目光将它牵住，可那光亮倏地就不见了。王泽荫的眼神复归黯淡。

他不再是王楚洁记忆中的王泽荫，他完全成了一个病人，一个颓废潦倒的病人，一个让人心酸又心疼的病人。王楚洁走上前，喉咙颤了一下，叫道："爸！"

王泽荫一点反应都没有，他咕嘀道："我不要礼物，我不要礼物……"他的思维一直停留在苏芳死时的那一刻，他的思维被那一刻的某种寒冷给冻住了。看着他，王楚洁的眼睛突然潮湿起来。苏芳死时她都没哭，可这会儿，她突然感到异常的心酸。也是在这一刻，王楚洁知道那个小姐是对的：王泽荫是不会杀死自己的妻子苏芳的。不管家庭发生多少变故，但在王泽荫的心底，其实都是爱着苏芳的。只是到后来，他的爱已被什么东西给扭曲了。

现在，王楚洁终于可以释怀了。她一点都不希望王泽荫毒杀苏芳。只有这样，对这个家，她还残存着一点点留恋。

几天后，王泽荫就被送往郊外的精神病医院。王楚洁心想，对他来说，这也许是一个最好的归宿了。失忆并且思维散乱，会让他活得不再像原来那般累那般痛了。王楚洁宁愿父亲就这样疯掉，也不愿意看见他重新拿起那把剖尸的手术刀。如果那样，估计他总有一天，会用手术刀割开自己的手腕或脖子。

同苏芳不适合做他的妻子一样，其实他也并不适合做法医。

真相大白后，苏芳很快就被火化了。那一天，王楚洁突然号啕大哭。她很清楚自己并不完全是因为痛失母爱而哭，可究竟是为什么而哭呢，她也说不清楚，反正她就想这么大哭一场。这么哭一场，让她有种如释重负的感觉，这种感觉让王楚洁知道，她已经完全彻底地与过去的生活诀别了。她马上就要开始一种崭新的生活，尽管她还不知这种崭新的生活是什么。但她愿意告别过去，接受未来的一切。

苏芳并不是王泽荫谋杀的，有她留下的遗书作证。她的遗书夹杂在地下室满地的乱纸中。显然是王泽荫带过去的。遗书的笔迹已被验证，正是苏芳的亲笔：

泽荫：

其实，我也在尝试走近你，接受你，凑合着把日子过好。我为你改变了很多，你应该知道。可你却朝着相反的方向越走越远……

马南街四十二号我早就知道了，我以为是你在外面养情人的地方。前天你喝醉的时候，我偷偷地复制了你在那里的钥匙……

以前女儿是我活下去的全部理由，可女儿现在变得这样了，我什么活下去的理由都找不到了。

既然你那么喜欢尸体，我死后，就将自己这具还算完美的尸体，作为你四十二岁的生日礼物吧。我吃的是安眠药，但愿如你所说，吃安眠药的人看起来不像死了，而像睡着了。我希望那个女子身上的某个器官是我的，哪怕只有一个小小的手指头，这样，我也算死得有点价值吧。

我走了，我早该走了。我痛恨尘世，我俩相遇的地方不该是尘世，而应该是天国，或者地狱……但最好的是，我们从来就没有相遇过。

苏芳即日

王泽荫也许正是看到了这张纸条，才会惊惶地从家中狂奔出来，窜到马南街地下室。然后像一只受惊的鸵鸟把头扎进沙堆那样，再也不出来。他这样不吃不喝好几天傻呆呆地坐在里面。也不知是因为懊恼，还是因为悲恸？又或者是因为他实在没有办法实现苏芳的遗愿？完美的裸女已经被冰冻，再次解冻将会更进一步降低她复活的概率？再或者苏芳是吃安眠药而死的，安眠药在她死前已进入她的血液，所以她的肢体已不适合做移植手术？又或者他尽管爱苏芳，但芬芳的肢体已配不上这具裸女？或者血型也不对？所以他才会备受悲恸、内疚和犹疑的三重打击，终于使自己疯了？

如果王泽荫的病从此再也好不了了，这种推测将会成为一个无法解开的谜。

苏芳案真相大白，备受关注的系列女尸肢体被盗案也全部告破，按说得召开隆重的新闻发布会，让媒体宣扬出去，给全市人们一个交代。可各级领导讨论来讨论去，觉得这样的案子还是不对外公布好。对外公布了，也许能平息逐渐淡化的民怨，但又怕引起新的骚乱。结果省市两级领导经过认真讨论，对外发了一则不到四百字的新闻通稿。只说系列肢体被盗案已告破，盗取肢体的人是个法医。他有严重的精神问题。被盗肢体被拼凑成了一个裸女。但裸女的照片、拼凑裸女的意图，以及裸女能迷惑人心等等细节，则不向外界透露半个字。

尽管这样，通稿仍然一石击起千层浪。

全国不管是电视台、网络、报社还是杂志社的记者都闻讯而来，想尽一切办法把这个新闻做大做强！他们看不到裸女，打听不到裸女的具体制作过程，就尽量从王家挖掘新闻。各类记者把王家零零碎碎的所有事情都一锅端了，特别是王小麻，王家的事他一清二楚，所以他写出来的报道既准确又详细，分析起王泽荫的人生轨迹和心路历程，也是一套一套的。他写的报道转载率最高。结果他跟着王泽荫和那具女尸出了大名。

那段时间，王楚洁走在大街小巷，听到全城的人都在谈论裸女，谈论他们的这个家庭。全城市民兴奋莫名，像在过一个盛大的节日。苏芳的父母哪受得了这种场面？他们匆匆逃离城市，在乡下租套房子隐居起来。他们本想带王楚洁同去，但被王楚洁拒绝了。王楚洁说早就麻木了，对什么事都无所谓。仿佛大家谈论的跟她一点关系都没有。

马南街四十二号，王楚洁没有去过。关于王泽荫后来的一切，她是从刑侦大队了解到的。以前，王楚洁以为自己是了解王泽荫的，现在她才发现自己对父亲一点都不了解。很多天过去了，王楚洁的头脑仍是迷团重重。她真不知道王泽荫究竟在做什么，为什么要这样做。

王楚洁决定退学。

张龙援非常坚决地制止她这一行为，但王楚洁比他更坚决。张龙援没办法，便从乡下找回王楚洁的外公外婆，希望他们能让她回心转意。

但这怎么可能呢？就算苏芳不死，王泽荫不疯，他们都不能终止王楚洁认定了的事情，又何况是她年迈的外公外婆？

张龙援只好陪着王楚洁一起去椿树中学退学。

那天上午，王楚洁理所当然成了全校师生指指点点的对象。大伙儿都围着她看，却又保持着适度的距离。就像围观一只具有攻击性的动物。特别是初三甲班的刘聪龙，从一见到王楚洁开始，脸色就煞白煞白，身子也在轻微地颤抖。仿佛王家出了这样的事后，王楚洁就再也不是他以前的同伴了。

王楚洁冷冷一笑，故意往人群中走去，人群就被她劈成两半，潮水一般地往外退涌，然后又在她身后的某处涌上来汇合。

张龙援不知道那天电视台和报社的记者怎么知道王楚洁会去椿树中学。也许他们事先并不知道，是王楚洁到了学校，被学校的某个老师或其他什么人及时告知，他们才匆匆赶来的。如果真是这样，他们比 110 的民警可迅速多了。

“请问你为什么要退学？”

“你觉得家庭对你的影响大吗？”

“你是怎么看待你父亲和母亲的？”

“你认为你父亲拼凑的裸女该如何处理？”

“你对你父亲的态度是什么？你能理解他吗？有人说他是人类史上一个最具野心、最具幻想力的艺术家，你怎么看？”

王楚洁还没说要接受采访，他们就劈头盖脸地对她猛攻，让张龙援都招架不住。他好后悔没多带几个人来保护王楚洁。他哪里知道保护名人是一件这样困难的事情！“请你们走开！走开啊！要不然别怪我不客气！”警察在公众面前，总希望保持良好的形象。他居然还请他们走开呢，这会儿不说是请，就是拖，他们也不会走。

听了张龙援的话，王楚洁粲然一笑，然后频频点头，像影星们出席某个记者招待会那般笑容可掬。可她甜美的笑容并没有像影星那般自始至终都保持下去。当王楚洁接近他们时，脸相突然一变，跳起就抢记者手中的录相机摄相机，抢着了就往地上砸。王楚洁砸坏了一台摄相机，又砸坏了一台录相机，就再没有人敢上前对她啰唆了。

王楚洁以为这回他们没有什么新闻可做的了。谁知当晚的电视就报道了她疯砸录相机摄相机的事情。而第二天一早，好几家报纸、网站甚至把她先天砸录相机摄相机的相片都刊登出来了，并且动感十足，清晰度极高。

对他们的敬业精神，张龙援真是佩服死了。能抢拍到这样的镜头，绝对是一个非常不错的记者。想想看，他不但能在鬼脚魔女面前保持自己的摄相机不受损害，还能在鬼脚魔女抢砸别人的摄相机时，及时将镜头抓拍下来。这真有点“于乱军中取上将头”的味道，实在是“九死一生”，玄乎得很哪。

经过这事，张龙援终于理解王楚洁为什么要退学了。他觉得如果王楚洁不退学，也许会被围观的目光逼疯。而且她在椿树中学每天的言行都会当作新闻上报。记者们会像蚂蚁围着一粒饭那般围着她转个不停。

很快，全球人们都在关注裸女事件。法国行为艺术大师萨其达姆在国际艺术网上发表自己的重要观点。他是这么认为的：美丽裸女一经制造，它就不再属于某个人、某政府、某国家，而是属于全球，是全球人们的共同精神财富！它不能被销毁，不能被拍卖，也不能用作其他任何商业目的，它应该交给全球人们共同保管。而最佳的保管形式就是把它运到喜马拉雅山上的某座山峰上！

除此之外，他还专门写了一篇评价王泽荫和他的拼凑裸女的论文。他说王泽荫是世界级的行为艺术大师，组合裸女是本世纪空前绝后、最具震撼力的行为艺术品！世界上任何一个行为艺术家与王泽荫比起来，都黯然失色！而王泽荫的精神失常，也可看作是他一生行为艺术的最后一环。

萨其达姆接着感叹：他怀疑裸女的创造者，肯定是想让裸女复活。但在自己的有生之年里，估计是看不到裸女复活了！但他相信会有那么一天，等科技发展到一定阶段，裸女将从冰雪覆盖的山峰上走下来，成为人类有史以来第一位真实的神灵。那些众生将活在她温暖的微笑之中，每一个不管贵贱贫富的人，都会觉得活着是一件特别有意义的事情。现在，他对这个世界已没有别的期待，他只希望能把他非常敬佩的艺术大师王泽荫接到法国治疗，由他照顾他的下半生。

这个家伙，居然一眼就看透了王泽荫拼凑裸女的意图，可算得上是王泽荫从未谋面的知己！

萨其达姆的观点得到了人们的空前响应，中国政府也觉得他言之有理。这是一个切实可行的计划。组合裸女被送上雪峰后，一般人单枪匹马是不可能接近它，对人类的幻惑力也会减弱。另外，雪峰气候是裸女的最佳存活环境，人类要想在将来的某个时刻复活这个裸女，就一定得保护好它的“胚型”。

这次行动最大的特点就是迅速。当人们还在议论萨其达姆的建议是否可行时，政府已秘密调遣直升飞机深夜潜入沙水市，将裸女送上了喜马拉雅山脉的某座雪峰上。

第 27 章

解剖师和他女儿的去向

裸女事件结束一个月后，信息时代的人们很快就被别的五花八门的信息吸引了视线。沙水市尘埃落定，人们的生活恢复正常。

现在，公安机关才有时间和精力来关注王泽荫和王楚洁。

在对王泽荫处理的问题上，上层领导出现了两种截然相反的态度。一种是，像王泽荫这样的警察败类、社会人渣，应该毫不犹豫地将他开除出公安队伍！如果他不疯掉，还应该判他重刑。

另一种是，王泽荫的悲剧是他特殊的工种所酿成的，尽管有其偶然性。因为世界上解剖尸体的法医很多，但像他这样丧心病狂地做出这等有悖常伦的事情，最后把自己折腾得疯了的人却少之又少。

但也有其必然性，如果他不当法医，可以肯定，他和他的家庭就不会落到现在这样的结局。他只是现代社会现代职业的一个牺牲品而已。从这一点来说，应该对他既往不咎，继续保留他警察的身份。

刑侦大队的同事对王泽荫的感情也极为复杂，怒其不争的同时，更多的是哀其不幸。王泽荫做下这样的事情是给公安机关蒙羞了，使沙水市公安机关半年来都处在风口浪尖之上。但上天已让王泽荫家破人亡，这样的惩罚难道还不够吗？最好能保留他警察的身份，那样的话，他在精神病医院的费用就可以由国家出。

张龙援在积极地为王泽荫奔走，不断地在支队和市局领导面前游说。他只认一条死理，就是当初苏芳发现王泽荫是法医时，王泽荫曾再三请求领导给他变换工种，但领导没有理睬。如果当初把他从法医的位置上调离了，那后面一系列的事情就绝对不会发生。现在无论王泽荫犯了多大的错，公安局都应该对他和他的家庭负责。苏芳死了，王泽荫疯了，而他们女儿王楚洁眼看也要毁了。那可是一个天才式的少女，尽管做了很多让人啼笑皆非的事情，而本质其实并不坏。组织上如果能拉她一把，长大后她一定会为社会做出很大的贡献，可如果放任自流，长大后她一定是公安机关最难对付的角色。

支队和市局领导面对张龙援，都唉声叹气，说王泽荫的处理结果不是他们能左右得了的，得由上级领导说了算。现在他们能做的，就是尽量把事情的原本详细而真实地报上去。

两个月后，王泽荫的处理结果下来了。

王泽荫被开除公职，永不录用。他的毁尸案移交检察机关和法院审理。这就是说，如果有一天他的精神病好了，他还得接受刑事处罚——坐牢。但王泽荫在精神病医院的费用和王楚洁的抚养费将由国家支付。

应该说，这种处理是比较合理的。王泽荫触犯了法律，就得用法律治他。而他和他家的不幸带有极强的社会性，社会应该对他和他家伸出援助之手。

也就是在这时，行为艺术大师萨其达姆从巴黎来到了沙水市。来沙水市的当天，他就在王楚洁的陪同下，赶到青山精神病医院。

两人一进大院，王楚洁就看见在草坪上追逐一只蝴蝶的王泽荫，那蝴蝶小得没名堂，有一对白白的小翅膀。若不是王泽荫去追它，王楚洁几乎就将它忽略了。

王泽荫看起来比上周王楚洁来看他时的气色更好一些了。四十几岁的人，脸上还充满稚气。阳光把他的脸照得很红润。他仍然不认识王楚洁，但他冲着她笑，要王楚洁帮他把蝴蝶捉住，王楚洁笑着答应了他。

王楚洁仰着头，朝着那只蝴蝶手舞足蹈地追过去。王泽荫跟在她后面，学着她的样子，也手舞足蹈。王楚洁心里一酸，心想，这时的父亲未必不是一种幸福。于她而言，也觉得是很幸福的。这是她的父亲，一个疯子父亲，一个单纯的、对生活不再有任何阻碍的疯子父亲。一个像她孩子的父亲。

王楚洁终于把那只白蝴蝶捉住了，她小心翼翼地捏着蝴蝶的翅膀，然后轻轻地移交到王泽荫的手上，王泽荫脸上的笑容就更浓更纯粹了。

王楚洁清楚地记得，上个月来看父亲的时候，王泽荫嘴里偶尔还会说一句："我不要礼物。"这回来看他，再没听到他重复那句话了，过去的生活，也许彻底从他脑海中消失了。

站在一旁的萨其达姆，静静地微笑着看着这一对父女。

从精神病医院出来，萨其达姆让翻译直截了当地告诉王楚洁，他要她父亲去法国治疗，并且带她一起去法国上学，他说她家里的事情，通过互联网，他都知道了。他说王楚洁是一个很有才华的女孩，巴黎将给她提供一个广阔的发展空间。

王楚洁说她看过萨其达姆评写她父亲的文章，尽管她看不太懂，但凭直觉，她觉得他是她父亲的知音。由此她同意萨其达姆将她父亲带到法国，而她自己，则不想去法国。

王泽荫的父母、苏芳的父母都同意萨其达姆将王泽荫带到国外去，他们一方面是相信国外的医疗技术和治疗环境，另一方面也有经济方面的考虑。更重要的是，他们希望王泽荫能这样一走了之，逃避如影随形的牢狱之灾。

刑侦大队王泽荫曾经的同事出于同样的愿望，也希望萨其达姆能把王泽荫带到国外去，他们当然也不愿意看到王泽荫病好之后进监狱。还有，他们不想一直陷在王泽荫事件中出不来，如果王泽荫去了重洋彼岸，他们刑侦大队似乎就与王泽荫再没有什么关系了。是的，王泽荫留在本市，他是一个警察疯子，进一步说，他是刑侦大队的警察疯子。而王泽荫一旦去了法国，他就是一名疯癫的行为艺术家。本市大多数市民是用道德的目光打量王泽荫的，而巴黎市民也许会用艺术的目光去打量王泽荫。

为了促成这事，张龙援不但自己到处奔走，去疏通各个关卡。而且还鼓动刑侦支队长，甚至公安局局长去给上级领导求情。按规定，像这种情况，张龙援是不能出去的。但中国有句古话，只要功夫深，铁杵磨成针。

一个月后，萨其达姆终于如愿以偿，把王泽荫带上了去法国的飞机。这一天是王楚洁十四岁生日，她泪流满面地答应萨其达姆，她将会去法国探看她的父亲王泽荫，但在内心，她却准备与她的过去作最彻底的告别。所以她根本没打算有一天会去法国看望王泽荫。

……

一个星期后，十四岁的王楚洁也离开了沙水市。

沙水市除公安局局长、张龙援以及她的外公外婆之外，没有人知道王楚洁的离开，也没有人知道她去了哪里。

在那里，王楚洁不再叫王楚洁，她有了别的名字。

图书在版编目（CIP）数据

末日解剖 / 谢宗玉著. — 南昌 : 百花洲文艺出版社, 2018.9
ISBN 978-7-5500-2966-8

Ⅰ. ①末… Ⅱ. ①谢… Ⅲ. ①长篇小说–中国–当代
Ⅳ. ①I247.5

中国版本图书馆CIP数据核字（2018）第188252号

末日解剖 MORI JIEPOU
谢宗玉 著

出 版 人 姚雪雪
出 品 人 柯利明 吴 铭
特约监制 高瑞贤
特约策划 高瑞贤 裴向敏
责任编辑 袁 蓉 叶 姗
封面设计 阿鬼设计
出版发行 百花洲文艺出版社
社 址 南昌市红谷滩新区世贸路898号博能中心Ⅰ期A座20楼 邮编 330038
经 销 全国新华书店
印 刷 三河市荣展印务有限公司
开 本 880mm × 1230mm 1/32
印 张 8
字 数 156千字
版 次 2018年9月第1版第1次印刷
书 号 ISBN 978-7-5500-2966-8
定 价 39.80元

赣版权登字 05-2018-331

发行电话 0791-86895108 网址 http://www.bhzwy.com
图书若有印装错误，影响阅读，可向承印厂联系调换。